废墟中的呐喊

A SHOUT IN THE RUINS

〔美〕凯文·鲍尔斯 著
郑扬眉 译

Kevin Powers

人民文学出版社
PEOPLE'S LITERATURE PUBLISHING HOUSE

著作权合同登记号　图字 01-2022-6147

图书在版编目（CIP）数据

废墟中的呐喊 / (美) 凯文·鲍尔斯著 ; 郑扬眉译
. -- 北京 : 人民文学出版社, 2023
ISBN 978-7-02-017665-6

Ⅰ . ①废… Ⅱ . ①凯… ②郑… Ⅲ . ①长篇小说—美国—现代 Ⅳ. ①I712.45

中国版本图书馆 CIP 数据核字 (2022) 第 249583 号

责任编辑　朱卫净　邰莉莉
封面设计　李苗苗

出版发行　人民文学出版社
社　　址　北京市朝内大街 166 号
邮　　编　100705

印　　刷　凸版艺彩（东莞）印刷有限公司
经　　销　全国新华书店等

字　　数　143 千字
开　　本　787 毫米 ×1092 毫米　1/32
印　　张　9
版　　次　2023 年 1 月北京第 1 版
印　　次　2023 年 1 月第 1 次印刷

书　　号　978-7-02-017665-6
定　　价　55.00 元

如有印装质量问题，请与本社图书销售中心调换。电话：010-65233595

致柏琳和露易丝

人类历史最可悲的一点是每一个文明都自命不凡，言之凿凿地将它的部分价值和普世价值混为一谈，宣称其有限的存在将永生不朽，岂知那一刻它已经堕入了通向灭亡的腐朽。

——莱茵霍尔德·尼布尔 ①

《超越悲剧》

我会凭吊这里逝去的一切。

——罗杰·里维斯 ②

《参观奥珀卢萨斯奴隶屠杀遗址有感》

---

① 莱茵霍尔德·尼布尔（1892—1971），美国“基督教现实主义”神学家，代表作为《人的本性与命运》，其他作品有《道德的人与不道德的社会》《基督教现实主义与政治问题》等作品。

② 罗杰·里维斯，美国当代诗人，曾获2015年怀丁作家奖、2013年美国国家艺术基金会奖金等。

第一章

一八七〇年，距离切斯特菲尔德县官员正式宣布艾米丽·里德·勒瓦洛伊死亡还不满四年，传言却已甚嚣尘上，说的都是她劫后余生，还有她的藏身之处。有些人看到她在大迪斯默尔沼泽①逃难黑奴聚居的岛上出没，那张白人的脸庞隐匿在黑人之中，笔直纤细的身影一如大沼泽中永远青翠的柏树。也有人说她现在是巴尔的摩一家客栈的洗衣女工。还有一些人设想她从一群暴民手上逃脱，走过佛罗里达西岸的两个畜牧小镇。余下的日子，她的足迹留在了马纳提河②河口的白色沙滩上，河水在那里汇入海湾宁静的蓝绿色海水。这一切不难想象。年轻的艾米丽渐渐长大，我们的笃定也渐渐减少。每一天，同样的一排排配错对的小白额燕鸥和橙嘴凤头燕鸥遥望即将来临的风暴，细浪拍岸，像千亿座山

---

① 弗吉尼亚州东南和北卡罗来纳州东北部的沼泽区。虽经大面积砍伐和大火烧毁，但仍有茂密森林。境内多珍贵鸟类和毒蛇及供渔猎的动物。有迪斯默尔沼泽运河通过，该运河属大西洋沿岸水道。

② 也称海牛河，是佛罗里达州马纳提县一条36英里长的河流，在坦帕湾的南边流入墨西哥湾。

丘不可遏止轰然崩塌。

这些想法多半时候都是一闪而过的念头。哪怕有人大声说出来，也不是讨论，而是附和。但挥之不去的传闻过于言之凿凿，几乎可以肯定绝非事实：说博韦种植园的宅邸余烬未熄，她就已经南逃再折向西，遁入蓝岭①的山谷中；还说她就在那里的高原上，在迷雾中的高山草甸里，那里的云杉和冷杉生长于过去废弃的陷阱之间。

不难理解她为何竭力想消失。如果在被她撇下的人焦灼的心里，她前往传言所说的那些地方，是一种逃遁，那也可以的。反正都是以讹传讹，这一点是明摆着的。

那座亚当风格②的古老房子付诸一炬，她的余生很可能只成了人们茶余饭后的谈资。虽然没有必要去揣测她最终结局如何，但大家心里必然都会寻思，这一切对她而言，究竟是惩罚还是宽恕。无论是哪一种，对艾米丽来说，都不会再有大劫难了。如果她意图忘却的正是劫难，那她这么做，就如同用母亲教给她的娟秀字迹，

---

① 美国阿巴拉契亚山系东部山脉，是该山系最高峻部分，从宾夕法尼亚州南部向南延伸到乔治亚州北部。

② 18 世纪的新古典风格的室内设计和建筑。

和以鲜血和灰烬，将心愿写入遗嘱。

她的父亲经常念叨她能生下来纯属幸运，因为她妈妈是一八四六年初秋在病中怀上了她，那时反复的高温标志着弗吉尼亚州的又一个暮夏，让他的妻子疲惫不堪。等到确定自己怀了孕，她母亲的脸已经因发烧而通红得斑驳，关节感觉就像正被拧干的亚麻布。露西·里德缠绵病榻，她的女仆奥瑞莉亚照顾着她。连续三个晚上，她都在咒骂自己的喉咙，抱怨骨头痛、全身痒。十月的雨滴落在他们的铁皮屋顶，第一次将窗外梧桐树依然翠绿的叶子打落了一些。隔壁房间里的丈夫很难弄清心爱的妻子究竟因何会有这些不适。尽管他总是告诉女儿，他爱她母亲，但他也经常自问，那三个漫长的夜晚是否已经深刻在他的脑海和心中，使他永远无法向她表达真实而有意义的爱。

艾米丽在第二年夏天出生，最初迎接新生儿的，是奥瑞莉亚掌心粗糙微红的双手。鲍勃在卧室里陪着露西，一手握着她的手，一手抚着她湿漉漉的脸庞。分娩的过程没有他们担心的那么艰难，但他们心知病恹恹的母亲分娩时，孩子会面临多大的危险。奥瑞莉亚拿起一把开水煮过的剪刀，剪断了脐带，将婴儿举起来让父母亲瞧瞧。

“女孩儿。”她说道。

露西笑了。鲍勃拿起一条毛巾，擦拭着妻子的额头。“女孩儿。”他说道，像是不太肯定她之前是不是留心听了。他对奥瑞莉亚说：“好好检查一下这娃儿，然后带过来给我们。”

奥瑞莉亚把小孩抱到门廊上的盆子里。暮色渐浓。她清洗着婴儿身上的胎脂和血污，把孩子裹在襁褓里，举起来仔细看了看。这个还没有起名的娃娃既没有喘气，也没有啼哭。奥瑞莉亚轻拍了她一下，她才有了呼吸。婴儿的皮肤呈粉灰色，但她很安静，在奥瑞莉亚昏暗的怀抱里睡意蒙眬地眨着眼，一副怡然自得的样子。仲夏的暖意拢着她们俩，冷淡的月色穿过梧桐树渐渐深沉的树冠洒落下来。奥瑞莉亚的儿子，年轻的罗尔斯站在院子里，看着他母亲轻摇着这个娃娃。奥瑞莉亚看到孩子的眼睛蒙着一层阴翳，泛着金斑的深色虹膜中央，两个瞳孔是两汪极淡的灰色旋涡。她确定这个孩子瞎了，此刻她想用听起来宛若歌唱的声音告诉这个女娃，生活将会是艰难的，明天会是艰难的一天，后天也是，大后天还是。但当她小心翼翼地抱着娃娃，她看到这个女婴奇特的双眼朝着各种光源转动：那盏灯，发出轻轻的嗞嗞声，照亮院子里飞舞颤动的虫子；还有切斯特菲尔德县天空中的群星。

艾米丽生命中的最初几年，或者说那些岁月中后来常被忆起的鲜活时光，非常简单。她父亲的骡皮生意收入丰盈，给了她们一份安逸的生活。她们的家就在大路旁，在煤田和大河之间，这个家简朴却体面。奥瑞莉亚尽心尽责地照顾着她。艾米丽习惯了罗尔斯的陪伴，虽然她觉得他有些古怪。一年夏天，他用绿色烟叶给自己编了一顶帽子，她告诉他没有一顶合适的帽子让他显得很傻气。有时她看着他把骡子的皮毛刷得异常柔亮，像是用打磨过的石头雕刻出来一般。黄昏时分，他经常将一根自制的手杖往空中抛，直到雨点般的蝙蝠从蓝黑色的天空呼啸而下。她不知道他的年纪，只知道他快步入青年期了。当她问起时，他说："我够大了，艾米丽小姐。"然后就溜走了。

艾米丽五岁的时候，父亲同意她收养一条在沟渠里发现的猎鸟犬幼崽。她给它起名叫"冠军"。罗尔斯不喜欢这条狗。虽然里德老爷教了它一些基本的口令，但罗尔斯还是觉得这狗任性妄为，被宠坏了。罗尔斯对"冠军"的恭顺让艾米丽忍俊不禁。到了八岁，她就发明了一个他们仨一起玩的游戏。她将猎鸟犬绑在梧桐树上，无情地戏弄它。她拉扯这条小母狗的耳朵，用折扇敲打狗鼻子，直到它尖叫起来，蜷缩成一团。当这条狗最终听话地瑟瑟发抖，她解开绳子，吼出一个看父亲驯狗时学来的指令。罗尔斯就会拼命跑开，有时爬上近旁的一棵树，或是爬上骡厩的屋顶，或者，当他真的吓坏的时候，就会朝着大宅狂奔，一路喊着妈。一天下午，鲍勃提早回家，正好看到艾米丽在玩这个游戏，十几岁的罗尔斯站在一根高高的篱笆桩上，惊恐万分地保持着平衡。鲍勃在院子里用皮带狠狠地把艾米丽抽了一顿。他踢开在篱笆下来回奔跑的狗，把罗尔斯扶了下来。"该死的，艾米丽，"他说，"你会逼得这小子再次逃跑的。别去招惹他，这样他才可以帮我干活儿！"

鲍勃走进宅子，砰的一声关上了门。艾米丽在树下哭成个泪人儿。罗尔斯转身看到狗好奇地歪着褐色的脑袋正瞅着他，它那双惊恐的黄眼睛告诉他，它一直想的是逃跑，而不是朝他奔过来。罗尔斯望着草地上摊开手脚哭嚎的女孩，心生羡慕。那一刻，她的痛苦是真正的痛苦，这痛苦的表现与他的并无不同。他明白那种感觉——胸膛起伏，一股奇异的热气涌上脸颊，继而沸腾成愤怒与沮丧的泪水。不过，他们俩痛苦的缘由和程度不同。她的痛苦源自她父亲难得的管教，而他的痛苦，不知所起，绵绵不绝。她顶多在院子里哭上一个小时，回头她父亲就会心软，不住地亲吻她。他的痛苦则永远伴随着他所有的记忆，而且还会汇入新的记忆。等她明天走出宅子，痛苦对她而言，就会像课本里的外国地图一样莫名其妙了。而他的痛苦，却没有尽头。

女孩哭完，抻直了裙子，掸去灰尘。她看着罗尔斯，用手背抹了一下脸上的泪水。“这只是个游戏。”她说道，转身向骡厩远处丽日下金色的田野走去。他看着她离去，一言不发。那一刻，他决心找到某种东西，一种不受他生活的那个痛苦无边的世界约束的东西，一种他可以大声宣告这个世界的规则无法约束的东西，他们无法从他身上夺走的任何一样东西。为了找寻它，他又开始在夜里狂奔，就像童年时那样。

几个冬天过去了，罗尔斯没出什么事情。有几个冬天一点雪也没有，余下的冬天则是异常阴郁，大雪纷飞，天地苍茫。他常在夜里跑出去，从来没被捉住过。他漫无目的地奔跑，茫然地转着圈：那是一种绝望的寻觅。他不再对白人毕恭毕敬，也极少害怕，有时候倒是挺可怜他们。他任由自己心生怜悯，是因为有一次他听一个路过的传教士说，一个人可以赋予另一个人的最残忍的情感，莫过于怜悯。

到了一八六〇年，鲍勃·里德手上用骡子沿窄轨铁路往里士满贩货的生意多数已交由罗尔斯打理。他还负责中洛锡安的煤矿里出产的一吨吨烟煤的船运，或是仲夏季节里一望无际的烟草田里收割来的大垛烟草，整个县里每一叶卷曲的烟草和每一块粗黑的煤块都经由他手，完好地上了他的骡车，再完好地走向市场。

罗尔斯是当地经济链条上可靠又高效的一环，因此在社区里颇受尊重。鲍勃给了他一张通行证，从日出到日落基本上他都可以畅行无阻。在非收割时节，或是本地产的没有光泽的易碎煤因宾夕法尼亚州的硬煤①而掉价的时候，大家则经常可以看到罗尔斯悠闲地骑着鲍勃的一匹小矮马，而且从来都是那匹叫多萝西的带深纹的棕色马。罗尔斯骑马的时候裤腰上会塞着一把雪松柄的烟草刀，往后仰成几乎九十度角的头上戴着一顶脏兮兮的毛毡帽。

他会骑着马从勒瓦洛伊枢纽站前的人群或是渡口大路上的农夫们身边走过，举手碰了碰帽顶，对遇到的每个人说声“下午好”，这时人群中会传来轻声嗤笑，那是自己人才懂的梗。“你最好是带了那张通行证，罗尔

---

① 即无烟煤。

斯。”他们笑骂道。他一般会拍着左胸回答说：“那是当然的。”然后罗尔斯会再次碰一下帽子，用马刺戳一下小矮马，然后检查几次，一般是三四次，确认通行证确实放在胸口那里。

夜幕临近，如果情况许可，他一般会去到渡口的空地上。平底河船上的船夫是一个脾气暴躁、皮肤黝黑、名叫“西班牙吉姆”的南部山里人。他对谁都是一副莫名其妙的态度，从来也不介意罗尔斯脱了衣服，从高高的须芒草丛里跃入像棕褐色药瓶一样了无生气的河中。那个时分，太阳慢慢落入蜿蜒河流边上的树林中，草蜢沙鹀①啁啾着飞掠过草地，罗尔斯觉得心满意足。

水抚过他的身体，总让他想起小时候第一次来到这河边的情景。那时他大概六岁，不到两年后他就站在了那个前院里，看着母亲摇着那个终将深刻影响他一生的奇怪女孩。那时他们刚刚被卖给鲍勃·里德，母亲来照顾患病的露西·里德，罗尔斯则成为了一个赶骡工，不过人家告诉他以后他要干的就是这个活儿的时候，他压根不知道那是什么意思。

他的前一个主人带着他们一路长途跋涉，沿着一条

---

① 小型鸣禽，平头，短尾巴。通常在草地或沼泽地活动。

风尘滚滚的大道向西南而来，接着坐着平底河船渡过了这条河。船夫推着笔直的长竹竿，茫然地看了看罗尔斯，微微地摇了摇头。罗尔斯回盯着他，想弄清他是个黑人还是白人。“没有人会两次踏入同一条河流，小子。”西班牙吉姆说，这让罗尔斯颇为惊诧。“你要好好想想这句话，这可是古老的智慧。”他们到达了对岸，罗尔斯记得在交易的过程中，他怯生生地站在一旁，还没有愈合的双脚让他站都站不稳。他的第一个主人说：“该死的，鲍勃。这笔买卖你可是赚大了。这女人操持家务是一把好手，也很会带孩子。就是这个小的比较放肆，到处乱跑，人是挺机灵的，但对他自己没什么好处。”

“你是说他会逃跑？”

“跑过。再也不会了。脚趾头被我剁了。现在这小子一天也跑不成了。不过他经常肚子疼，奥瑞莉亚又老是哭哭啼啼，两个人啥也干不了。我都不好意思让你给钱了。”

“没有那么糟吧。”

“那倒没有。如果你能让他们老实点，那你就大赚一笔了。”

从那儿往后的这些年，日子就这么昏然又沉闷地过着，像暴风雨中一条向下游奔涌的河流。虽然有潜在的危险，但罗尔斯的夜间漫游开始让他内心充满了一种奇异的快乐。他不知道自己是否能找到那样别人无法从他身上夺走的东西，但他觉得那东西离他很近。他在骡厩后面林子里他们的小木屋内坐等着，奥瑞莉亚在床上沉睡。床是他用绳子和干草做的，床柱是几块浮木。他把头伸出窗外，天上挂着一抹下弦月。罗尔斯穿上他的鹿皮靴，等着母亲的鼾声响起。他希望这天晚上能再见到一个叫讷丝[①]的女孩。她住在西边步程一小时以外一个占地一千英亩的大豆农场上，那条河在那里跨过切斯特菲尔德边界流入波瓦坦县东部，农场就在河边上。一周前，他赶着骡子去大豆农场取一批要运往河边的货物。地里劳作的人都在唱着《悄悄奔向耶稣》[②]，田里的目光都盯着在三个种植园交界处一棵火炬松树上的丝带。

那天晚上，他在他们的祈祷会上又听到了一样的声音，这些人聚集在茂密松林中他们开垦出来的一片

① 原文为 Nurse，有“乳母、奶妈”之义。

②《悄悄奔向耶稣》(*Steal Away to Jesus*)，美国黑人灵歌，表达对上帝的信仰，隐含鼓励黑奴通过“地下铁路”逃走的内容。

空地上。罗尔斯从来就不需要上帝，他们唱歌的时候，他就静静地坐着，任思绪飘荡。他想起最近一场风暴中看到过的闪电。除非你正巧就在其下方，否则几乎是没什么危险的。然而，每个人见了闪电都会发抖，就像骡厩棚下的骡子听到打雷就不停嘶鸣一样。为什么不管心中害怕与否，都会恐惧未知的未来呢？他想着，帽檐像面纱一样斜盖住了他的脸，在最深沉的夜色中，他闭上了双眼，就像一个盲人，重建了想象中的世界。他突然想到，其实几乎没有什么事物是让他真正害怕的。

当天晚上他注意到了松林里的那个姑娘，一动不动地站在火光边缘。他猜想对方应该跟他年纪相仿。她头上包着一条印花棉布，图案复杂得不可思议——小小的橙色花瓣散落在夜幕般深蓝色的田野上。罗尔斯觉得，世界上所有真实的色彩相形之下都失去了光华。她一个人安安静静地待着，并不畏缩，仿佛她只是在场，就和她身边那些人声和举动一样具有参与性。他冲她笑笑，举手向她致意。

那个下弦月之夜，他撇下沉睡的奥瑞莉亚，出门去，又见到了她。之后的许多夜晚，他们在松林中的空地上见面，两个人坐在一起，稍稍远离祈祷集会的人群。有些晚上，他们在树林里私会。那时，午夜繁星下微风轻漾的几亩火炬松林，仿佛就成了整个世界。他了解到他们给她起名“讷丝”是因为她在给主人的几个娃娃做奶妈，这九个婴儿最终都会长大成人。“你不想要有个合适的名字吗？”他问她。对此，她回答说，她是能认字的，也读过与她同名的几个女人的故事，她觉得这名字很适合她。“还有，罗尔斯，”她说道，“你的名字是怎么来的？”

“我不知道。”

除了认字，她还学了一点医术。不仅是助产术，即使在那个年龄，她的助产水平也是很高超的。她还学了接骨、疗伤，以及治疗各种内伤，这是她照料主人的骡子和马所学会的。一天晚上他们一起散步。没走多远，她就拉住罗尔斯的胳膊问道：“你走路的样子为何像一条跛脚的狗？”

他们走在一块空地边上，那是一片点缀着雪松的斜坡。坡下，一条溪流穿过一个小湖，最终汇入那条大河。他们在一片低矮的草地上坐了下来，他脱下那双二手的鹿皮靴。讷丝低头看着他的脚。月亮出来了，下面有云朵飘过，将金色的草地变成了白色，雪松也朦胧起来。罗尔斯两只脚的大脚趾都不见了，他脚底粗糙，布满老茧，往上就是原来大脚趾所在的地方，现在是凹凸不平的疤痕。“因为我逃跑。”他说。

“下手的是谁？”

“我们以前的主人，一个老男人。”

“你还痛吗？”

罗尔斯吹个口哨，笑了。“不像以前那么痛了。走路快起来会有点疼。那老家伙是自己下的手。我从大宅旁边溜走被他发现了，他一把打在我背上，把我拖到蛇形篱笆前，把我的脚绑在最顶上的横杠上，踩着我的肩膀，用斧头把两个大脚趾砍了下来。”

讷丝叹了口气，摇了摇头。“你为什么要跑呢？”

“这还用问吗？我想逃走啊。”

他们一动不动，安安静静地坐了很久，耳边开始响起夜的喧闹：欧夜鹰①的轻鸣，远处一只狐狸的尖叫。世界落在灰色阴影里，只有月光将它照亮。

“当时疼得要命，”罗尔斯说，“我那时个头小，他要把我半悬着才能把我的脚绑到横杠上，就这么让我倒挂到第二天。”

讷丝伸手摸了摸他的脚踝，向上按摩至小腿，然后

① 夜行性鸟类，体重 75 克至 100 克，体长 26 厘米至 28 厘米。

再往下。“但那时你身边还有妈妈。”

“别教训我。”

“现在呢?”讷丝问,“你从不担心她会明白这对你意味着什么?”

“不太可能。鲍勃老爷对这些不在意,只是有时做做样子罢了。但我知道这些白人想干什么,他们看都不看我,但我现在能看透他们了。再说了,妈妈知道我的本性。她知道我们中的任何人都明白这对另一个人意味着什么。”

“如果发生什么事,你不会想她吗?”讷丝问。

“当然会。”他顿了一下,思考着似乎难以理清的措辞。他说:“我一辈子都跟她在一起,现在就已经想念她了。我一直想她,此刻就在想念她。”

“从记事起,我就从来没有跟妈妈在一起过。我不知道她名字,也不知道我是否喜欢她。”

“我不是说这种感觉是一样的,不过你还没说这话的时候,我就开始想念你的妈妈了,把她当成自己妈妈那样想念着,就像我现在想着你一样。”

他仰面半躺在草地上,手肘撑着身子。他听到小溪从身旁流过,他的心也跟着它一路向下游。小溪汇入詹姆斯河,越过瀑布线,经过码头,流过伦普金奴隶监狱①的叹息处②，流入宽阔的水域。那是一英里宽的平坦河面，河水微咸。最后它流入海湾，直至它蓝色的波涛汇入海洋。它在河海交汇处作别了柏树和香蒲，而这片土地却只是醒来时错忆的梦。

“我明白，罗尔斯。我明白。我也想你。”

讷丝亲吻着他，把他推倒在草丛深处，树林也识趣地安静了下来。罗尔斯确定他爱讷丝，他心想，也许他对她的爱也是别人无法夺走的一种东西。但是，很长一段时间内，他都不会再见到她了。

最后一次与讷丝相会之后的日日夜夜，他都去火炬松林里等着她，每个晚上都去，足足等了一个月，但她没有来。他听说祈祷会被讷丝的主人取缔了，又听说大豆种植园里发生了一起事件，让男主人发了疯。传言越来越多，说他已将自己的小王国与外界隔绝起来。罗尔斯起初不敢越界。相反，他整天不知疲倦地帮鲍勃先生劳作，砍柴、修补远端的篱笆，只是晚上又会从他母亲的小屋里偷偷溜出去。他陷入了一种亢奋状态，天天在

① 位于弗吉尼亚州里士满。19 世纪 30 年代到内战期间，里士满是新奥尔良以外最大的美国奴隶贸易中心，伦普金的建筑群被称为“魔鬼的半英亩”。

② 指入狱奴隶的伤心处。

漆黑的夜里奔跑，夜色黑得让他觉得自己都瞎了。又或者，他在明月投下的深深浅浅的树影间拼尽全力奔跑，思绪因精疲力竭而颤抖。他满脑子想着讷丝，直至半梦半醒。他落在林间草被上的脚步声经常回荡在黑暗树林间。

他暗暗希望她是被卖到附近了。他找遍了从附近河边到阿米利亚县种植园的奴隶区，但都被赶了出来，身后传来的低语告诫着他："趁你还没害死人，赶紧回到你自己的地方去!"但他还是没有放弃。他一直在寻找，直到他怀疑自己是不是已经死了，或是陷入了某种诅咒或魔咒之中。在这个魔咒里，讷丝只不过是一个鬼魂，她的出现只是为了用她的不告而别来折磨他。他回到了以前去过的那些地方，现在已是白雪皑皑。春天时分，他又去了一趟，了无生气的荨麻在凉爽的晨风中摇曳着紫色的花朵。

最后他崩溃了。他面对流言和未知鼓起了勇气，向西而行，走向松树林那头等待着他的任何结局。他偷偷溜到大豆种植园边界上一间小屋边，那里有个老人裹着毯子蜷缩在地板上。广阔的田野边火光跃动。罗尔斯把头伸进没有玻璃的窗户，看到了白发白须，听到的是沉睡的气息。他从前门进去，跪在老人旁边的硬土地面上。罗尔斯用一只手轻轻地捂住老人的嘴，温暖的气息充满了他拱起的掌心。老人的双手放在胡子下面，抓着一条盖至下巴的碎布拼成的毯子。罗尔斯用另一只手握住老人的指节，低声轻轻地唤着他："爷爷，老爷爷。"

老人惊醒了。他睁开浑浊的双眼，揉了揉眼睛说道："你是谁？想要干什么？我的死期到了吗？"老人坐起身低头看着罗尔斯。"你不是幽灵。你在我的小屋里干什么？"

"我一直在找讷丝，爷爷。你认识她吗？你所见过的最漂亮的那个女孩，头发经常裹着蓝色的碎花棉布头巾的那个。"

"孩子，到了这个年纪，我都不知道什么是漂亮了。"老爷爷说着，倾身从一个雪松做的小盒子里拿出一支牛油蜡烛和一根火柴，点燃了蜡烛。"你到底找她干什么？"

罗尔斯看到老人的两条手臂上下都布满了鞭子和盐水的痕迹，就像一幅一个个伤痛日积月累堆积起来的地形图，他袖子下绵延着微缩的山脊和峡谷。

"我需要她。"罗尔斯说。

"你想伤害她？"

"不，爷爷，"他说，"我爱她。"

老人看上去很失望。“孩子，这个世界没有爱的容身之处。”

“我会创造一个。这个您不用担心。她在哪里？”

“这个世界会让你心碎的，孩子。”

“已经碎了。”

老人叹了口气。“我看见她被带到河那边去了，听说是带去伦普金的监狱，直接去了‘魔鬼的半英亩’。”

想到这个地方，他震惊不已。“这不是真的。”罗尔斯愤怒地说。他感到自己眼皮底下的血管突突地跳，他想抓住点什么东西让自己冷静下来，但只有老人低垂的肩膀，在他的重压下颤抖着。“这不是真的。”他又说道。

老人伸出手抓住罗尔斯的双手，温柔地紧握着，告诉他自己的女主人过去的这个秋天是如何被甩下马去，那是在祈祷集会被取缔前不久的事。当时讷丝发现她躺在一棵星毛栎①下，胳膊和腿扭曲着，像头顶纷乱的树枝。让她摔下去的那匹马在附近橘黄色的落叶中跺着蹄。除了讷丝的呼救声，就只有马的鼻息和风声了。讷丝日夜照料着她。主人非常信任讷丝对他妻子的照护，

① 橡树的一种，在美国分布较为广泛。

甚至将医生拒之门外。但一周后，女主人去世了，主人因为讷丝没能救活她而心生怨恨。于是他开始打她泄愤，日复一日，周复一周。情况越来越严重，其他奴隶开始恳求他可怜一下讷丝，后来连他们中的一些人也挨了打。冬天来了，他们再也没见到她，夜里再也听不到她的呼喊。大家都以为讷丝死了。不久之后，河水在隆冬时节结了冰。他们的主人把这当成是个坏兆头，便将讷丝卖给了罗伯特·伦普金。主人觉得只要让她滚蛋，他就能摆脱苦难。但他对她的恨意依然炽烈，而且他无法把讷丝从脑海里赶出去，便把仇恨转化为一种令人愉快的猜想，想象讷丝在伦普金监狱里生活的样子，那里的仇恨和残忍之火一直熊熊燃烧，不曾黯淡。老人最后一次看到讷丝时，她一动不动地躺在一辆手推车上，一位车夫小心翼翼地把车推到冰上，轮子平滑地滚过冰面。"孩子，"他对罗尔斯说，"那个女孩已经废了。如果她还没有被卖到河下游去，就算你找到她，我也怀疑她会不会认得你。"

一八六一年初春的同一个晚上，年近十四岁的艾米丽·里德被梦境困扰着。天黑起，她就一直在被子里翻来覆去，但梦里并没有什么让她醒来时还能回想起的明显恐怖的场景。没有怪物。没有鬼魂，只有一个场景一遍遍地出现，比她那阴翳的双眼在白天里见到任何场景都要清晰。梦里，她站在阳光普照的高地上，看着一身棕白皮毛的“冠军”在高高的草丛里窜进窜出，空中仿佛有一百万只蝉在发出机械般的轰鸣。

她醒来后在房间里踱着步，又把蜡烛放在窗台上，向外看去。“冠军”在院子里的大梧桐树下醒着，撅起屁股开始吠起来，先是一阵低沉又不完整的嘟哝，然后终于放声狂吠。艾米丽开始担心它焦躁的吠声会把窗玻璃震碎。她吹灭了蜡烛，蹑手蹑脚地走下楼梯，走进院子。“嘘，姑娘。”她说道。月亮渐亏，但月色仍亮。这条狗扯着夜里用来拴住它的绳子，拼命跳着。“小声点，‘冠军’。求你了，姑娘。你会把这里的死人都吵醒的。”

她的父母已经被这里的动静吵醒了。母亲站在窗户边冲着艾米丽喊着，要她进屋去，鲍勃则坐在门廊上穿靴子。

“你听见你妈喊你了吗，闺女？都已经过了午夜了。”

“但‘冠军’很狂躁啊，爸爸。”

鲍勃望向树林的边缘，‘冠军’的不满似乎源自那里。在骡厩后面的树林深处，奥瑞莉亚的小屋里看不到灯光。他拿起绳子，把绳环从拴绳的柱子上取下来。他似乎忘记了艾米丽，把狗绳松开了。

狗子跳进树林里。几分钟后，他们追上它时，它停了下来，像是指向里德家的地产和博韦种植园相邻的那片空地。奥瑞莉亚跟在他们后面。罗尔斯并不知道，其实他每天晚上离开小屋时，奥瑞莉亚都会醒过来，心神不宁地等着他回来。

她希望能拦住他们。"求求你，里德老爷，他还只是个孩子。"

鲍勃看着艾米丽。她那双奇怪的眼睛在阴影中闪闪发光，像绑木头的捆绳一样，紧紧地挨在一起。鲍勃养大这个女儿跟养儿子没什么两样。她将是他的独生孩子，医生们都肯定地说露西的子宫不行了，因此他对她有着与别的男人对女儿不同的期望。"仔细听好了。"他对艾米丽说，"去拿我的手枪和猎枪来。"

奥瑞莉亚无力地哭了起来。"里德老爷，你干吗要拿枪啊？他可能只是去见一个他喜欢的姑娘。"

"艾米丽，走吧。"他说道，然后戳了一下奥瑞莉亚胸骨上窝处柔嫩的肌肉，以此来表示他的不满。"我才不管他为什么逃跑，奥瑞莉亚。你可以感谢约翰·布朗和那些想废奴的北方佬让我拿了枪。现在和露西小姐一起进屋去，直到我把这件事搞定。”他停顿了一下，转身离开的时候，不情愿地说：“我没打算伤害他，只要他不逼我动手。”

第二章

在生命中最后一个周一的早晨，乔治·塞尔顿洗了个澡，用前一天从利维店里买来的新剃须刀刮了胡子，穿上了牛仔裤和斜纹粗棉布衬衣，外面套着一件他自己都不记得买了多久的破旧鹿皮大衣。到了九点，他泡好了一杯咖啡，坐在屋前的门廊上发着呆。

一周前，一九五六年六月一个异常炎热的日子，在弗吉尼亚州里士满杰克逊·沃德街区的圣彼得街和贝克街的交叉路口，里士满-彼得斯堡收费公路管理局的一群测绘员和一群州公路局工人汇聚在一起。一群政要和媒体人沿着圣彼得街向北行进，融入前面的人群。许多围观这一奇特景象的当地居民注意到，这群人的出现使这个街区的白人数量大幅增加。他们在街口相遇的时候，相互握手，并摆拍了照片。本地一位众议员、也是参议员哈里·弗拉德·伯德组织的一位成员，挥舞一把仪式用的鹤嘴锄，装模作样地锄进了街道的硬土地面，接着挖掘工作就开始了。

穿过里士满的州际公路的那一段开始施工。工人把老路整个翻起来，铺的砖一块块掀掉，铺鹅卵石的就一颗颗撬起，其他地方则是一锹接一锹地挖土。然后他们开始拆房子。以前很长一段时间，这些房屋曾荫蔽这些正在消失的街道。乔治的一些邻居双臂交叉站在人行道两旁，为最后一批联邦时期美丽老房子的倒塌黯然神伤。这些房子仍然耸立着，似乎纯粹出于倔强，直到起重机重重落在它们的金属屋顶上，才让它们永远垮塌。他不时地看到挖掘机黄色的钳口在坑洞顶上起起落落，把一片过去的岁月胡乱留在土堆上。砖头、木头和鹅卵石混杂着堆成六堆。他家对面曾经有一排房子，就在施工地点往东一个街区外。现在，那里只剩下空气了。他的视力虽然不如从前，但仍然能够辨认出土坑远端坑壁的模样：首先是泥土层，然后是黏土层，往下是他们在切割和挖掘的蚀变岩，再往下是一些更坚硬的石头在闪着光。晨曦照射进去，驱散了早前的最后一片阴影。

在疤痕般的坑洞的另一边，一台搅拌机已经开始向里头源源不断地注入混凝土浆。乔治看着一群孩子在一辆生锈的福特卡车废弃的车厢上玩耍。他能听见他们的说话声，脆生生的，听起来很高兴。他们大声冲彼此宣告对这个“战利品”的主权。卡车锈迹斑斑的车顶给了他们一个很好的视角，可以观察聚在一起干活的工人。最后的胜利者是一个大约十岁的男孩，他打着赤膊，挺着黑得像铁的胸膛，用一把破旧的推式扫帚扫除所有对手，宣告了自己的胜利，还有对这片小小世界的统治权。他的话语传到乔治的耳朵里甚是模糊，意思却明白无疑。

乔治坐在客厅窗户外面的长凳上，注意到外套上最新的补丁都已经脱了线。皮革都比较耐磨，他想，跟其他的皮一样。于是他写了个备忘，提醒自己记得去利维店里买针线来缝补衣服。他审视着眼前的景象，觉得这些混乱和喧闹可能是他能看到的最后一个变化。他断定今天将像其他日子一样是美好的一天。他已经很长寿了，在这个街区大概住了有九十年了吧，他想。他觉得这一辈子拥有了很多，很知足了。结过两次婚，爱过一次，虽然两段婚姻都没有孩子，但他可以肯定地说自己在这个世界上有一席之地，尽管脚下的土地似乎总是变化不定。

那个六月的那天中午，乔治走了三个街区，来到布鲁克街和马歇尔街交汇处的利维杂货店。他惊讶地发现里面已没有东西，只剩下柜台了，剩余的存货整齐地堆叠在人行道上的人字形地砖上，几棵黄色蒲公英从砖缝里钻了出来。不过乔治推门进屋的时候，门铃还是一如既往地叮当作响。利维先生一听到这声音就从柜台边抬起了头，走过来向他打招呼。

“乔治，我的朋友，您今天气色不错啊。”他说着，伸手握住了乔治的手。亨利·利维是一位中年人，精力却如年轻人一般，非常适合他的职业。这是第三位经营利维杂货店的亨利·利维。第一位是他的祖父，曾在田纳西州邦联军陆军军需兵团服役了一段时间，表现异常出色，退役后开了这家店。乔治握了握他的手说：“你的气色也不错，利维先生，我这么说你不介意吧。”利维先生微笑着把乔治领到商店橱窗边的一张客厅椅子上，问他要不要喝点什么。乔治一言不发地向他摆了摆手，面前空荡荡的。时间流转，这家商店已成为街区社交活动的一部分，也是乔治自己世界的一隅。“这么看，我想你们也是都要走了吧？”

“是这样的，乔治，”利维先生说，“一号公路不会再像以前那样熙熙攘攘了。”他说话的风格混杂着费城学校和南方海边平原的气息，带着他父亲要他在教堂里学习的希伯来语口音。他说话有点拖腔，不过不严重，被他那种古老的语音抵消掉了，尽管在他的家人最终定居的这片土地上，这种语音带着孤独的意味。“我们要搬到河对岸去了。”

“搬到乡下去吗？”乔治惊讶地问道。

利维说：“你知道吗？我们这里过去经常会有从佛罗里达那么远的地方来的人。”

“还有从缅因州来的，我想我听你说过。”

“是的，还有缅因州、加拿大、费城。可是现在呢……”他发出呲的一声，像撕纸的声音，一边挥舞着双手，像在台上演戏一样。“深如大海的伤口啊。”

从缅因到佛罗里达，乔治想着，从北到南，一条在进行贸易和传递同情中修筑起来的道路。“现在艾森豪威尔想修建足够宽的公路，供轰炸机降落。我想应该是万一俄国人打过来了可以派上用场。”

“真的是这样吗？”乔治问。

一场太阳雨敲打着窗户，阳光和雨水交缠。“我只知道《里士满时讯报》所说的就是事实。”利维举起双手打趣道。

乔治笑出声来。他望向窗外，想象一架轰炸机巨大的银色机腹，像天空那么大，在杰克逊·沃德街区的砖墙建筑和锻铁大门上盘旋，然后又盘绕着纪念碑大道上南方白人们的圣徒雕像，飞过山上的墓地，从主街车站后面埋葬着的所有可怜的奴隶顶上飞过。这些奴隶死在监狱时，伦普金像丢垃圾一样把他们的尸体扔出去。飞机飞越这条河，飞越整个南方，飞越美国，还有这个该死的世界。“好吧，利维先生，我想如果他要派飞机上天，他确实会这么做的，那他肯定要给他们一个着陆的地方。”

这场雨使州际公路的建设暂停了一天。几个戴安全帽的男人慢跑着从商店门前经过，脚上的红翼牌工装靴①踩在新形成的水坑中，水花四溅，他们笑得很像乔治之前看到的在空地上玩耍的孩子们。年纪最大的那个工人跑过，肚子抖得像一个装了很多弃猫的麻袋。在众人走到布罗德大街之前，他踩到了一个水坑，接着高兴地喊叫道：“如果我们运气好的话，也许这些黑鬼都会淹死！”

乔治特意慢慢地转身望向利维先生，他没有生气，而是带着些好奇。利维先生已经背过身去了，正整理着柜台上的一摞文件。乔治无法准确地表达他那一刻的感受，但在他看来，利维先生转过身去不是因为愧疚，而是想逃避他店里正弥漫着的一种心照不宣的羞耻感。

---

① 创建于 1905 年的美国知名品牌，全手工制作，是户外作业者喜爱的品牌。

一辆平板卡车驶进马歇尔街上商店门前的装货区，打破了静默。卡车上的防水布被掀开。乔治忘了自己的来意。这不是第一次了。他有时觉得时间加速流逝，就像一辆油门被卡住的汽车。尽管他早就不再因确定一个人与死亡的距离比出生更近而自怨自怜，但他还是满怀沮丧。他的结局清晰可见，他甚至已经预留了六百美元给位于圣詹姆斯的克劳利殡仪馆，请他们安排好他的后事，让他们把他与第二任妻子莱昂娜葬在一起，他手头宽裕时在奥克伍德公墓买了两口墓穴。打他买下墓穴那时起，除了原有南部邦联时期的那块小小区域，这个城市的其他所有区域都渐渐被森林覆盖。尽管她刚过世的时候他常去她的墓地看看，但随着时间的推移，他想不出有什么话要对她说，还觉得他即便说了，她也不一定会听到。他怀疑那个时刻到来的时候，他是否会被埋在那里，因为他估计要六个人干满一个月，才能把那里蔓缠的常春藤清理干净，让埋葬他的墓地露出泥土来。

至于他的出身，他一无所知。他这一段身世空白得太久，以至于都定型了。他只记得那时自己还是个小男孩，身上沾满灰尘，独自站在北卡罗来纳州兰伯河边一个老姑娘家的门廊上等待着。他身上一无所有，除了名字和所穿的衣服，就是一张匆忙写就的便条，上面写着“照顾我，我现在是你的了”。那个场景之前的一切他都不记得。某些日子里，他也许会想起一个名字。不，不是一个名字，记忆最深处是一个人在呼唤一位“奶妈”。这个场景是那么遥远，感觉都不是回忆，而是他想象中听到过的故事。故事本身他想不起来，也不记得讲述者是谁，也许那是过去的某个时刻自动浮现出来的真相吧。

亨利·利维第四次叫他时，他醒了过来。利维一边轻轻地摇着他的肩膀。“乔治，乔治，你打瞌睡了。”利维先生的独生子兼继承人站在那儿低头看着他。小伙子长得很帅气，大约二十岁年纪，皮肤晒得像乔治坐火车去弗吉尼亚海滩度完周末时那么黑，剃了个士兵式的寸头。“您没事吧，乔治？”他问道。

“我很好，孩子，很好。只是在追忆过去，这些天感觉筋疲力尽。”

“哦，见鬼，”年轻的亨利说，“您看上去生气十足，老伙计。”

他像他父亲一样，带着一种有修养的亲切感。以后这对他会大有裨益。他和他的父亲将继续在森林山街区开一家杂货店，然后在中洛锡安郡附近再开一家，然后利用这些杂货店进行融资，开办像A&P[①]那样的连锁店，之后通过这些连锁店取得更大成功。

“亨利，我年轻的朋友，”乔治说，“‘看上去’不等于‘是‘啊，难道没有人告诉过你吗？”

利维先生在纸上写了一个地址，交给乔治。“这是新店地址，”他说，“来看我们。”然后又问道：“你会待在城里吗？我知道有些人打算住在城里，住进这里和北区之间那片市政公屋。是叫吉尔平宫吧？名字听起来不错，有些皇家气派呢。”

“不，”乔治回答道，“我在自己的房子里住得太久了，没法重新开始。我觉得不久之后我就会被横着抬出去。但现在，我不知道。我的房子跟其他房子一样，也要拆了。他们给了我一点钱，但我那房子要比这点该死的钱值钱得多。”他顿了一下，又说道：“你知道，利维先生，我突然想到你们可能是这个街区的最后一批白人。”

小亨利听到这句话在门口停了下来，转过身来对老人说：“别担心，乔治。在这个街区里，我们可能是白

① 全称 The Great Atlantic & Pacific Tea Company，创立于19世纪中叶的美国，从茶叶和咖啡贸易起家，在巅峰的1930年成为在全美拥有16000家店面的食杂连锁，2010年申请破产。

人。但在这城里住了这么久，我们知道，一旦我们踏上尼柯大桥走到河对面，利维一家将再次成为犹太人。”

几个小时后，乔治坐在布罗德街车站彩漆漆过的候车室里。他十几岁第一次来到里士满时，曾看到骡子队从建车站的这片地边上拔出树桩，一座大理石大厅从废弃集市牲畜围场的粪肥臭味中拔地而起。现在透过候车室的磨砂玻璃，他可以听到大理石圆形大厅里游客熙熙攘攘、人声鼎沸，时不时还可以听到一段导游词：“建造杰斐逊纪念馆的人……宏伟的房间……空间的层次结构……集特殊建筑风格之大成。”

他没有从被他撇下的老房子里拿走多少东西，只是几件换洗衣服，一本《黑人旅行者绿皮书》①，这是利维先生已故的父亲送给他的另一本书，还有一把可爱的匕首，刀柄是麋鹿鹿角做的。这把匕首从他记事起就一直在他身边。他的衬衫口袋里有一张 1 点 55 分出发前往大西洋海岸线上的大沼泽地②的单程票。那晚他会在费耶特维尔附近下车，那里离他童年记忆开始的地方不

① 原为出版于 1936 年《黑人驾驶者绿皮书》，1952 年更名，书中汇编了当年愿意接待非洲裔美国旅客的餐馆、酒店、旅馆和加油站等。

② 佛罗里达州南部的亚热带克拉莎草沼泽地区。

远。他想到了北卡罗来纳州道路上的尘土，夏日晃眼的日光从交错的歪斜阔叶树和笔直松树间穿过，还有兰伯河那黑色的河水①。他曾在河里游过一次，那滋味太酸爽了，有时想起来，嘴里还是一股鞣酸②的苦涩味。

他买了一份《新闻领袖报》，看了看手表，然后坐在手提箱旁边的木头长凳上。参议员哈里·弗拉德·伯德的笑脸在一篇滔滔不绝的社论旁回望着他，社论的标题是《大规模抵抗》。列车员唤大家上车，他叹了一口气，折起报纸扔进了垃圾桶。

火车在下午的斜阳中驶过詹姆斯河铁路桥灰色拱架。远远看去，这座桥就像一座丰碑。乔治可以看到河边的大石和浪花飞溅的河水。主河道两边是树木葱茏的绿汀。这一切依旧给人一种荒野的幻觉。有那么一会儿他心想，如果他能再活一遍，他会选择一处荒野，也许是蒙大拿州。他小时候曾在人家扔掉的一本《国家地理》杂志上看到过安第斯山脉遗世独立的苍凉。这想法纯属自寻烦恼，但他知道这也只是一种幻想。他与生俱来的烦恼，不是那种可以锁进雪松箱子里忘在脑后的烦

---

① 兰伯河水呈黑色是因为河边是沼泽林，水流冲刷腐叶流入河里，水呈深色。

② 腐烂的树叶发酵所产生。

恼。他还知道，世界给我们开出的条件是不能讨价还价的。

火车驶过北卡罗来纳州边界附近又一处无名分水岭时，他醒了过来。河面平静如纸。他并不期望此行能得到比已有的更完整、更令人满意的答案。也许还会有另一个问题冒出来。但他觉得人们自问的所有问题都只是各种“为什么”。为什么是我？为什么是她？为什么是现在？他不知道一直以来这个世界对他算不算好。它最终会夺走他的一切，但在他看来，它不会夺走任何一开始就不属于这个世界的东西。

他注意到一个年轻的海军陆战队员在彼得斯堡上了火车。夜色渐深，乔治发现车里只剩下他俩。海军陆战队员沿着过道走向乔治，问道：“我可以跟您一起坐吗，先生？”

“当然，孩子。尽管坐下来。”从七十多岁起，乔治就不再像以前那样，那么在乎年轻人和老年人的分野。他现在不介意了。他觉得自己还派上这么一个小用场：时不时把遗存的骄傲放在一边，好让一个人对另一个人发挥些作用。这个男孩，对乔治来说，现在世界上大多数的男人都很像男孩，穿着笔挺的绿色军装，衣领上的金色领章闪闪发亮，图案是几条丝带上方一块长翅膀的盾牌。

乔治问他在彼得斯堡是否有亲戚。

“是的，但现在没有了。祖母已经安息了。我要回樱桃点①去。”

“你们其余的人呢？”乔治问。

“在堪萨斯州的托皮卡②。”

“堪萨斯州？”乔治说着，吹了个口哨。“我没去过。你是做什么的，孩子？”他问道。

“我是一位飞行员，先生。”

“一位什么？”

“我开飞机。”

对乔治来说，前一天似乎是一千年前的事了。没有飞机的岁月离亚当更近些，离现在反倒远。五十多年前，莱特兄弟驾着他们的新式玩意儿从斩魔山③的沙丘上俯冲下来，然后很快飞上了天空。这一史无前例的事件发生后不久，一位名叫哈金斯的流动工人告诉了他这件事。哈金斯是大迪斯默尔沼泽伐木营地的新人，那处

① 位于北卡罗来纳州的美国海军陆战队航空基地。

② 堪萨斯州首府。

③ 位于北卡罗来纳州小鹰镇。1903 年 12 月 14 日至 17 日，莱特兄弟的“飞行者 1 号”的第 4 次试飞。

营地是乔治多年来所知道的最能算得上是家的地方。仲冬的雪挂在柏树枝上，工头要求大伙儿暂停一下。“小伙子们，这里有一个新来的乡下娃，叫哈金斯。让他看看咱们是怎么干活的。留心看着他，别让他送了命。”一个十几岁的男孩慢悠悠地走上前说，“你们中谁是塞尔顿？他是伐木工，我是他的锯木工①。”

那小子没个规矩。乔治不得不提醒他，除非他想在晚饭前被石头砸死，否则他最好慢点走，注意听。乔治在那里工作期间，十几人死在了运河和沼泽地的黑水中。他不清楚这些工作的幕后老板具体是谁，但他们到那时已经开垦出来了一万英亩土地，他觉得这个人应该会觉得投资回报颇丰吧。他沿着小路走到德拉蒙德湖时，感觉这些树木的倒伏似乎都是为了使这个浩渺的湖泊的水平面更加接近陆地。天地水之间的关系令人不安。在一片开阔地上，沼泽水流入湖泊，形成一道光秃秃的开阔地，不过上面有一堆树桩，不时会有一只老鹰栖息其上。

但那个小子说话和干活一样投入，他的声音开始驻留在乔治耳边，就像他们伐树时所听到的四周的嗡鸣和

① 伐木工术语，前者为 faller，后者是 bucker，即把树进一步砍成便于操作的小段的工人。

潺潺水声，骡子雪橇拖拽时的咯吱声，锯子把原木锯成段时发出的嗡嗡声，还有随着斧头一下下砍进树皮时大家的吼声。营地设在长长的土路边，土路与运河①平行，路上覆盖着积雪。他们在营地吃晚饭时，哈金斯告诉乔治他的来意。

“我追求的是进步，塞尔顿先生。我上哪儿能在收工的时候抬头看到自己的成就呢？哪里能开垦得像这个地方那么干净？”

从某种程度上说，那小子说得没错。茂密的森林中开垦出来的空地是一个无可争议的纪录，他们每天都在做更多这样的纪录。

乔治等着哈金斯喘了口气，然后说：“以前我第一次干这活儿的时候，有个人告诉我，这些木头最后大部分都成了新英格兰富人避暑别墅上的木瓦，那些大厦的门一直延伸到海边。他对我说他很想去看看那些房子。那是一八九〇年，也许是一八九一年的事。于是他把自己的每一分钱都存起来，直到存够钱买了一张火车票，去一个叫普罗温斯敦②的地方。他去到那里发现，那该死的地方到处都是柏木瓦顶。他告诉我，那些瓦顶看起

① 指大迪斯默尔沼泽运河。
② 马萨诸塞州的度假小镇，五月花号靠岸的地方。

来很漂亮，但那里的人不得不经常把瓦顶换成新的，因为风沙和盐花什么的。水不是问题，但水解决不了余下的问题。所以他回来后就开始计算一栋房子要花多少钱，而且那些都是大房子啊，我从来没见过比那天的他更悲伤的人了。他还告诉我，有一天晚上他走进一家小酒馆，跟一个花里胡哨的笨蛋聊天，结果一起入住了港口附近的一家酒店，那家酒店整个都是雪松木和白柏木建的。那家伙发现我的朋友穿着伐木服时，叹了口气，说我们的所作所为是对上帝造物的犯罪。这些不都是屁话吗？”

“我会称之为时代的标志。”

乔治说：“时代的标志？小哈，当你看到它们的时候，你还太嫩了，没法了解它们。”

“嗯，你说得可能对，”哈金斯回答，“但几周前我刚到外滩群岛①的时候，看到两个来自俄亥俄州的人②把自己送上了天空。你敢说这不是某种预兆？”

照哈金斯这么说，那是一个绝美的场面。这种场面乔治几乎无法理解，而且还有点害怕。对于这个故事，

① 位于北卡罗来纳州，是一片绵延 100 英里的障壁岛，岛上遍布多个原始海滩和历史悠久的景点。

② 指莱特兄弟。

他只能偶尔结结巴巴地提出一两个问题来回应，如果不是因为他的语气，过路人听到了可能以为是在反驳。“你说上了天吗？飞了多高？说实话，哈金斯，我不像你想的那么笨。”

“千真万确。”小哈说。

乔治好奇地斜睨了他一眼，大笑起来。“你差一点就骗到我了。”

“上帝作证，乔治。”

“我不信。你是说人会飞？”

是的，他想说的就是这个意思。乔治简直无法想象那个情景。哈金斯的声音渐渐模糊成了背景音，乔治看着河沙和不停荡漾开去的涟漪，这些在他无色的梦中是难以分辨的。这台奇怪的机器可能是从月球表面喷射出来的。飞机飘浮在沙滩上，白色的薄纱机翼堪堪扫过沙丘，仿佛沙丘和附近的大海展开机翼作为投降的旗帜，永远放弃了它们以前在陆地上对人类的占有。

这与乔治的认知有些矛盾。几天后，他疯狂地挥舞着斧头，像陀螺一样旋转，直到双腿齐膝陷入沼泽的黑水中，直到树木一棵接一棵倒在水里。当沼泽恢复了冬日的寂静，他会抬头仰望，在树冠上的空隙中寻找一个移动的白色圆点，那个圆点会掠过他腾出来的小片天空。当然，他没指望能看到飞机。其实他也不知道自己希望看到什么，但他心知自己没有看到，而且开始怀疑以后是否会看到。

乔治不再探寻大迪斯默尔沼泽上的天空，过后不久，他的情绪就陷入了低谷。一九〇四年二月的第一个星期，哈金斯被一棵巨大的意外倒下的大西洋花柏砸死了。这个男孩的死成了他一生中无法回答的问题之一。那天出工他不是伐木工，他发烧病倒了。他还在帐篷里躺着，工友们情绪低落，一声不响地回来了，上一次他们这个样子还是在哈金斯没有到来之前。也许其他工友都知道，他会把男孩被树砸中归咎于自己的不在现场，所以他们向他保证，哪怕他或其他任何人在场，都无法阻止事件发生。他们说："那棵该死的树是'理发椅'①倒伏，砸到了他身上。简直难以置信啊，乔治。"为了结束这一话题，他们一致同意这是因为他们太久没有献祭了，沼泽所赋予他们的，他们很长一段时间都没有报答过。

哈金斯死后，乔治经常想起他，想起他们在大迪斯

① 指树木严重歪斜，在伐木切割过程中树木下部过早分裂，一部分倒下，留下一个像理发椅一样的树桩。

默尔沼泽运河冰冷的水中搭档干活的情景。男孩满脸雀斑，闭着眼睛，漫不经心地微笑着，用靴子后跟转动着踩在脚下的一段木头。乔治在听说莱特兄弟的事情之后生了一场病，每天早上在工友们出工前，哈金斯都会来给他送汤、面包和热咖啡。他记得哈金斯有一次对他说："我一路过来的时候，别人跟我说过黑人的样子，但你看起来不像啊。"乔治在毯子下面翻了个身，想问哈金斯，为什么他觉得必须由其他人来决定他应该是什么样的呢，但他没有问。"你这家伙倒还算是不错，小哈。"他说道。

乔治一直交代哈金斯要留心避免这种危险，结果哈金斯还是被大西洋花柏砸死了。从那之后，闲暇的时候，乔治开始坐在德拉蒙德湖边独自伤怀。确切地说，他伤感的不是哈金斯，在他看来，他的伤感更为宽泛，是那一年早些时候就已经落在他身上的那种忧郁，更沉闷、更黯淡的忧郁。夜里他就坐在岸边，看着水边各个渔棚里煤气灯次第亮起。当淡淡的金色光圈刚刚将黑暗拂去，他聆听的是船桨入水时水花飞溅的声音。日落时，他看着渐弱的夕照从他所开伐的森林空隙间倾泻而出，光线像火焰一样漫射开去。他觉得他可能会看到白色独木舟上的女孩，就像哈金斯一天晚上在篝火旁所讲的故事那样，新月时分，她优哉游哉地荡舟湖畔，寻找失落的爱情。一天下午，他碰到一对被一只木筏废弃的绳索缠住的蓝苍鹭。他拿出麋鹿角刀柄的刀子，割断绳子，把它们放了出来。他观察了几分钟，看着它们可怜地胡乱拍打折断的翅膀，刺耳的叫声渐渐变得极度绝望。他实在不忍心再看下去，于是转过身去，背对折翼的鸟儿，背对湖面，背对夕阳，背对着树林中砍伐齐整的空地。他深知它们的极度痛苦，他觉得这种熟悉会清空他脑子里的其他念头，会让他疯狂。最后他觉得自己别无选择，只好用一根雪松树枝抽打它们的脑袋，直到它们无声跌落进黑色的浅水中。

乔治快四十岁的时候，沼泽地上又一个春天即将来临，他永远离开了大迪斯默尔沼泽的伐木营地。他觉得自己对哈金斯负有责任，加上已经干了三辈子那么多的活儿，他向工头要了工资，问他哈金斯是不是还有遗物，如果有，而且还能找到他的亲人，那么遗物可以归还给他们。工头耸耸肩说："得了把，乔治。要是有人在等着咱们，咱们也不会来到这大沼泽。我们是彼此唯一的亲人。"他又很直接地说了一句，不过语气不那么坚定。"但无论如何，"他说，"如果一个人下定了决心，我就不会阻拦他。他有一些东西放在厨房外面，我不知道该怎么处理。”

*****

年轻的海军陆战队员的声音几乎把乔治带回到了眼前这一刻，那是一种可怕的笃定和完整。车轮艰难前行，碾过铁轨上的一个拐弯处，黑暗中溅出火花，然后消失在他的窗外。沼泽中伐木的那些日子并不令他向往，他渴望的是生活中不在记忆之中的所有未知可能。他可能会做出哪些选择，让他的生活走上一条不同的道路？一千种他从未经历过的生活掠过他的脑海，又立刻消散无踪。火车驶过罗阿诺克拉皮兹和洛基山，他感到头晕目眩。他闻到了寒冷大西洋海水的咸腥味，这股味道与灰色沙滩和天空交织在一起，几乎穿透了普罗温斯敦基本空置着的一家酒店。在他的另一种人生中，他正在里面擦拭鸟眼枫树木建的吧台，其他人则在烟雾缭绕的桃花心木房间里服侍着白人，他们的黑手上戴着白手套，其中一个白人对一个仆人说，“就算享受着眼前这一切，我仍然觉得是个骗局”。

“在堪萨斯州的时候，”弗兰克说着，没有注意到乔治的心不在焉，“那时我还是个孩子，这个老人家，他是个白人，认识我的家人。圣诞节期间，他让我在邮局兼职。我在机场旁边的仓库里做中班①，整天都能看到飞机起降。夜里就只看到灯光起起落落，听那些航空公司的人说着话，就像在给我唱催眠曲。”这个海军陆战队员笑了。他没有告诉乔治，在他爱上了托皮卡机场邮件仓库窗外看到的DC-3飞机②和福特三引擎飞机几年后，他还看到一百名中国人民志愿军士兵从山坡上跑下来，浑身是火。从他的A-7攻击机驾驶舱里看下去，他们就像一队燃烧着的小蚂蚁。他们在寒风中脱掉了淋到凝固汽油的军服，风冷得像是凝固着吹过了山谷，好像已经转变成了一种未知物质。他没有告诉乔治，也不会告诉其他任何人，永远不会，说他从来没有像那天晚上睡得这么好。他驾驶飞机穿过无懈可击的黑暗，来到连浦附近一条被称为跑道的泥泞地带，等到回到他在韩国的“家”，他脱下飞行服放在活动房屋的地板上，他的身体仍像之前飞行返程途中那样颤抖。

“比起我年轻时，很多事情都变了，”乔治说道，“你知道，我认识一个家伙，他曾说他看到了莱特兄弟

① 工厂三班制的中班，自下午4点至午夜。

② 美国道格拉斯公司研制的一种固定翼螺旋桨驱动的客机，是最重要的运输飞机之一。

的第一次飞行。”

海军陆战队员缄默着，想起了长津湖上空的寒星。“我想这就是进步，先生。”

他们在费耶特维尔分手了。乔治上了一辆夜班车，两个小时后下车。一轮黄月低垂在天上，北卡罗来纳州彭布罗克市散落在黑暗中的砖头平房出现了。乔治走进了一家差不多有七十五年不曾来过的餐馆。

第三章

在罗尔斯弄清讷丝的遭遇的那一晚，一个叫安东尼·勒瓦洛伊的人看到鲍勃·里德宅子后面的树林里出现了一排灯笼。博韦种植园两英里长的南边界的河边道路上，光影浮动。勒瓦洛伊很累，他年近四十，早已习惯了自己生活中的古怪之处，也没指望这些能够改变。他有时把自己不稳定的性情归咎于孤独，因为尽管他蔑视所遇到的大多数人，但至少也为他们最终的离去而感到遗憾。

勒瓦洛伊先生来到马厩，敲了敲马夫的门。听到脚步声时，他让男孩给他的马备好鞍子，然后带到门廊。他靠在石头护栏和栏杆上，突然意识到自己已经很久没有碰过别人了。父母早已去世。他有个哥哥，将近二十年前灰溜溜地回到了他们的故乡南特①。他记得小时候在父亲送他去上学的布法伊广场②5号的那个学校里，他在一个大衣橱里抚摸过一个男孩，那男孩也抚摸他。

---

① 法国西部港口城市。
② 南特市中心广场。

他想起了那些信，似乎有几百封，从卢瓦尔河谷①跨越大西洋，内容都是央求父亲让他回到弗吉尼亚。他二十几岁的时候，跟自己的几个奴隶上过床，以消遣他那种肮脏的暴躁情绪，他对自己是这么说的。起先是他在萨福克②附近做生意时，一时兴起和买来的一个漂亮的夸德隆③男孩，接着是男孩的母亲，然后是他的妹妹，还有其他几个几乎已经没有印象的男孩，因为到三十出头的时候，他觉得他的情绪已经平静了下来，那些基本的欲望也差不多都消失了。他从未结过婚，也从来没有跟白人女人睡过。

即使当他考虑如何教训这些黑人的时候，也无法回避明摆着的事实：这种事总是要借助某种工具来完成，一棵长长的松树苗、一根鞭子或一把园艺剪刀。做这种事倒没给他带来多大痛苦。虽然他不笃信宗教，但当他为某件令他困惑的事情寻求最佳解释的时候，他确实会想到上帝。勒瓦洛伊并不认为依照宪法，他的财产们与他有什么本质的区别，也不认为他们缺乏智慧。他见过许多白人比他最好的奴隶更懒惰、更迟钝。但他也相

① 法国西北部重要的葡萄酒产区之一。
② 马萨诸塞州东部海岸的一个县。
③ 混血儿，有四分之一黑人血统。

信，事物的状态体现的是上帝的意志。他所念想的是他从未真正拥有过的东西。他穷尽一生才赢得了其他人的尊重，如果人们没有及时表现出恭敬，或者是不情不愿或假模假样，到现在他都会很不满。他深感失望的是，他所建造的一切都与他本人不同：一个名叫勒瓦洛伊的人，三十九岁，出生在弗吉尼亚州中部四个县交界附近，但大部分时间在法国长大，现在已经到了因生活中没有一个女人而被其他男人轻视的地步。他可能想过这也反映了万事皆有定数的状态，但这里我们也明了，勒瓦洛伊先生所谓的信仰的矛盾之处：只有明显对他有利的时候，他的信仰才是强烈的。

他骑着马穿过自己的种植园，想与灯笼长队和提灯笼的骑手会合。这条路在那里拐了个弯，通向他的种植园西端的那条河。他在路上等了几分钟，就看到寒冷的春雾中浮现出四位骑手灰蒙蒙的身影，还有东边的树林边上一道闪亮的光带。他首先认出的是鲍勃·里德，里德身后是他的邻居、酒馆老板威尔逊·贝克。他与这两位都是点头之交，鲍勃·里德可能略微熟络一点，因为他住的地方有几英亩地毗邻博韦种植园，他经常雇他沿窄轨铁路把烟草带到市场上去。其他人就谈不上跟勒瓦洛伊有什么交集了。

第三名骑手是帕特·里弗斯，他既是治安官，也是镇上的酒鬼。众所周知，里弗斯一家是该地区最早的定居者之一，当时这里是英国人想要摆脱的胡格诺派教徒①的避难所，也是印第安人和东边的伯德②的弗吉尼亚种植园主之间的屏障。皮特可以在一个墓地里看到与自己姓氏相同的不同名字。墓地以前曾是印第安莫纳坎人古老的村庄，这些难民打算在这里建立自己的城市。尽管里弗斯的先辈们在最初的艰难岁月中幸存下来，继而成了该县有头有脸的人物，但他和他的父亲颠覆了几代人辛辛苦苦树立起来的形象。他现在活在死者的名声和生者的怜悯交织的痛苦状态中。帕特喝醉了有时就会想象他们的城市的样子：砖块的永恒，正午阳光反射在白色砂岩上的眩目。但城市一直没有建立。和其他幸存下来的家庭一样，他的家人最终离开了村庄，蜷缩在他们所分配到的土地上，被孤寂包裹。完美的森林形成了一道孤零零的墙，一路向西延伸。过了一段时间，他们成了美国人。

勒瓦洛伊看到的最后一个骑手是艾米丽。她匆匆瞥了他一眼，仿佛是在打量这块土地上众多景物之一。他

① 16、17世纪的法国基督教新教加尔文教徒。
② 指弗吉尼亚州殖民者威廉·伯德，他于1728年到达该地。

惊讶于她这么熟练地控制自己的坐骑，那是一匹带杂毛的灰色马佩尔什雄马，他认为对于大多数男人来说，这种马骑起来都太大了。虽然艾米丽仍然是个女孩，但在勒瓦洛伊眼里，她就像一个曾经妩媚的女人。要看清她似乎很难，好像一层薄雾遮蔽了她的美丽，却掩盖不了一个事实：他在她身上真正看到的，是更多的可能而不是犹存的风韵，尽管每一种可能都与他的理想类型存在同等偏差。她简单的脸部线条，那双不同寻常的眼睛，还有她的陪伴过程中他可以了解到的有关她的一切情况，对他来说都毫无意义。但即便如此，他还是被她吸引了。虽然当时他无法表达出来，也许是因为哪怕到他死去的那一天他都没有意识到这种吸引力，但他在她身上看到了他可以拥有的过去与未来。对勒瓦洛伊来说，他可以把她塑造成任何一个人，更重要的是，她还可以是每一个人。那天早上看见她骑在那匹巨马上，他就千方百计把那个渴望十四岁女孩艾米丽·里德的自己压制下来，他对它深恶痛绝。正是这个自己让他成了现在这个样子。他想要一张白纸。拥有一个女孩是一种堕落的满足感，但拥有所有的女孩则完全是另一回事。

鲍勃半路勒住了马，脱下帽子，向勒瓦洛伊道了早安。

“有麻烦吗，里德先生？”勒瓦洛伊说。

“我的一个伙计好像跑路了。希望我们没有扰您清梦。”里德说。

“没有，先生。我很少能睡上一整晚的。”

“我不得已请贝克先生和治安官到这里来帮我追捕他。”

“真是遗憾，”勒瓦洛伊说，“这个世道。”

“他妈妈说他要穿越县界去找一个姑娘，”里弗斯说，“我们要去码头那边看看那个默伦琴[①]老头是不是知道些什么。”

未经邀请，勒瓦洛伊就放马走到队伍最前面，又策马轻驰。几个男人满心好奇地彼此对视。威尔逊·贝克耸耸肩说：“真是个怪人，对吧？”鲍勃和皮特都表示同意，这个结论与他们愿意做出的全面评估结果相似。他们跟着他沿路向前走去。

这些人骑马离去的时候，艾米丽稍稍退缩了一下。他们与勒瓦洛伊先生的相遇让她很兴奋。他是个模样出挑的人，很高，肤色黝黑，留着修剪整齐的小胡子。她觉得以他为模特可以做出很好的雕像。她以前对他的了

① 阿巴拉契亚山脉的深肤色人，为印第安人、白人和黑人的混血后裔。

解仅限于跟成年人在一起时无意中听到的一些谈话。那个古怪的法国人，他们会这么称呼他。他可以把全县的人都踩在脚下，一个人可能会对另一个说，如果他们远远看到他骑马过来，而且不会再多说什么。艾米丽突然想到，虽然他们谈论他时用的是上面那些词，但他们本应该用的那个词却一直在她脑海中回荡，就像她跟母亲在词汇课上学词汇的样子，那个词是：恭敬，恭敬。她看到四名骑手朝渡口那个路口骑去，消失在树林中，赶忙催促她的大雄马继续前行。她脑子因睡眠不足有些晕乎乎，第一次想到这个世界可能是一场没有人知道规则的游戏，而一个声称知道规则的人肯定是个骗子。她策马追赶他们，思绪飘忽不定，基本没有抓住缰绳，半路上几乎陷入梦境。田野上方升起明亮的太阳，鸟儿的翅膀在空中拼命扇动。

***

勒瓦洛伊先生在路上与鲍勃一行人会合不到两个小时前，罗尔斯离开了大豆农场上老人的小屋，朝渡口走去。他知道搭平底渡船逃跑是在冒险，但这个时节河水仍然太冷，无法泅渡过去，再说他也不知道哪里可以找到一条船，就算找到了，也不知道该怎么划。他还知道，大多数白人说起山上来的那个默伦琴人船夫西班牙吉姆的时候，都带着一种近似蔑视的狐疑。虽然这有时会使人加倍蔑视有色人种，但偶尔在白人世界中这也会被误认为是同情。

他在树林边上站了一会儿，看着西班牙吉姆和一个男孩躺在噼啪作响的火堆旁的铺盖上。篝火照亮了两个人睡觉的草地，倒影揉碎在河畔和小码头的水中，发着微光。他走到草地上，那是船夫的营地，坐落在树林和路的中点。罗尔斯朝老人鼾声大作的地方走去，他居高临下地站到这两人身旁的时候，突然想起他还没想好要怎么说才能让这个人带他过河去。他只知道讷丝在河那边的某个地方。他可以找到她。他知道他可以，该死的。那张从黎明到黄昏都有效的通行证还在他的衬衫口袋里。如果他能在另一个夜晚到来之前到达那座城市，如果他能到达杰克逊·沃德街区，溜进自由黑人人群之中，如果他能接近“魔鬼的半英亩”……

“你好。”一个声音悄悄对他说。

罗尔斯转过身来，看见那个熟睡的男孩坐得笔直，茫然地看着他。他没有回应。他的身体不安地在一动不动和拔腿就跑之间犹疑着。

“吉姆说我们在日出与日落之间的时段才能发船。”

为了强调一下，男孩比画着，一只小手朝上，一只小手朝下。

罗尔斯问道："你知道吉姆有例外的时候吗？"他把手伸到腰背后，假装要伸个懒腰，摸了摸插在马裤裤头的烟草刀柄。西班牙吉姆还在心满意足地打着鼾。

"我没学过那个词。"男孩说着，漫不经心地绕着快要熄灭的火转了一圈，赤脚轻推着西班牙吉姆的身侧。

老人咕哝着，在毯子下面伸了个懒腰，打了个哈欠。

男孩揪住他的耳朵，对着耳朵大声喊道："吉姆，醒醒！来客了！"

老人坐起身来，打量着罗尔斯说道："那边树林里有一只公鸡。它要是打鸣了，第一班渡船就出发。"

罗尔斯抬头向黑暗的树林里望去。"这个，你看，吉姆先生，我本来希望赶在今天早上……"

吉姆举手拦住了他的话头。

罗尔斯突然发现西班牙吉姆是他所见过的肤色最深的白人，所以有些人会因为他的肤色而称他为印第安人或玛斯蒂①。但研究了一下他的容貌，罗尔斯看出

① 白人与夸德隆的混血子女，有八分之一黑人血统。

他只可能是个白人，特别是他那双四周满布皱纹的蓝眼睛。

老人一直举着手，直到三个人都安静下来。“好了，塔尔博特少爷，我跟这家伙说话，你好好听着。”

“好吧。”男孩说。

罗尔斯把重心从一只脚换到另一只脚，随时准备一旦有必要就向任何一个方向拼命跑掉。

吉姆继续说道：“你什么都别告诉我，听到了吗？我他妈的肯定不想在这条河上做什么特别的航行。咱们整个谈话过程应该是这样的，‘老吉姆，我想搭那条平底船过河。’我会说：‘好吧，当然，先生。如果你有二十五美分，我会清出足够的空间，让耶稣基督他家娃娃过河都行。’你明白我的意思吗？”

“但是，你看，我必须到一个地方去，如果不能直接到那里，我可能会有麻烦。”罗尔斯说。

西班牙吉姆用手揉了揉脸上的皴皮。“听着，朋友。我不想谈论麻烦。总有麻烦。据我所知，那是上帝在玩骰子。有些麻烦祸事临头，有些则没有。我只想听你说，你只是一个有二十五美分的自由人，想要像自由人一样横渡这条河。”

罗尔斯停止了在两只脚之间切换重心。他强迫自己站得笔直，说道："我有二十五美分，我想在这里过河。"

老人闭上眼睛，棕色的头颅歪向渐亮的晨光，深深吸了一口气。他咧开嘴笑了，牙齿整齐得像一块棋盘。他走到系船的地方，从船上拿出一条毯子，带回到篝火旁。"你去离篝火不远的那片草丛里待着，等我把这条老平底船安置好，"他对罗尔斯说，"如果有人沿着这条路来赶渡船，也许你会想躲起来。"

"谢谢您，先生。"罗尔斯说。他走进草丛里，野草几乎齐肩高，在冷风中摇曳着，远离火堆。他摊开毯子，抬头望着星星，想起了讷丝，她在城市里的某个地方，某个遥远的地方。在他大部分时间里占据着他的思想和心灵的一种感觉开始强烈起来。他对抗着睡意，害怕若是梦见她会看到的景象。他感到他所在之处的中央产生了一种难以想象的压力，似乎承载着天空中所有星星的重量，从未知的土地深处，从河滩的褐土之下，从石头下面，向上伸展。他觉得自己听到了母亲的声音，她说今天将是艰难的一天，明天依然如是。

西班牙吉姆和男孩约翰·塔尔博特把渡船从停泊处解开，准备将船推到冰冷的棕色河水中。"你都听懂了吗，孩子？"他问道。

约翰努力思考着所发生的一切。“那边有个自由黑人想让我们把他带过河去?”

“我们不知道有什么不同，对吧?”西班牙吉姆说。

“是的，先生，不要问。”

“我们不问，因为谁自由谁不自由不关我们的事。我们的事是摆渡过河。明白吗?”

从罗尔斯第一次走出树林朝西班牙吉姆和男孩塔尔博特走去，过了不到一个小时。船准备好了。西班牙吉姆转过身来吹口哨示意罗尔斯从高高的草丛中走出来，这时他听到一条狗在草地边的路上咆哮着窜来窜去。他一动不动地站着。“先别解船绳，塔尔博特少爷。”他对男孩说。

约翰朝狗走了过去。

“别走向那条杂种狗，小约。它们的举动可是说不准的。”他自言自语地咒骂着，如果西班牙吉姆让约翰听到那些话，其尖刻会让他大吃一惊。在弗吉尼亚的漫长生活中，西班牙吉姆已经熟悉了自然界的征兆。通过松鼠一系列微妙但可预测的警觉、沉默和满足的唧唧声，他可以判断松鼠何时确定了自己没有威胁。他可以从空气中嗅出一小时后有一场雨的味道。他知道一条嗅到气味的狗从清晨的黑暗中跑出来，就意味着他很快会听到马蹄声，然后是骑马人愤怒的盘问。“回来站到我身边来，约翰，”他喊道，“我不想让你受伤。”他摘下帽子，握在手中在身侧揉捏着。他没有勇气抬头看路，也不敢看高高的草丛，所以他低头盯着鲜有人至的土地上的一个点，等待着。

***

别人常对约翰·塔尔博特说他是个蠢孩子。也许他确实如此，狗冲他咆哮着，在他靠近时原地绕起圈来，他居然还无动于衷地朝它走去。男孩第一次来到渡轮码头时，西班牙吉姆认为他可能是个野孩子，是熊或附近的狼群养大的。他听说过这种事有可能发生。那时约翰大概六七岁年纪，他走上前来，开始翻着西班牙吉姆的东西，吉姆想不出什么办法，只能像对待浣熊那样用棍子把他赶走。几个小时过后，约翰·塔尔博特才展示出他的说话能力。吉姆能听明白的只是“死”和“塔尔博特”这个名字两个词的不同组合。随着时间的推移，他开始觉得自己对这个男孩负有很大责任。他开始管他叫笨蛋约翰，出于习惯，甚至也是表达自己的喜爱。约翰诚挚又淳朴地回报着他的喜爱。最终，西班牙吉姆意识到，称他为笨蛋并不能起到矫正作用，因为孩子无法理解自身的缺陷，或是缺陷的严重程度。这就像告诉盲人他无法描述天空一样，没什么用处。不管怎么说，有一件事是西班牙吉姆这位老人肯定知道的，那就是这个世界经常让你想起你的烦恼，频繁得像不经意似的。因此，当他们的生活进入一种舒适的节奏，他开始给他起其他的名字，一般是他经常听到的人们给心爱之人所起的名字。

罗尔斯听到冠军的叫声吓了一跳。他摸了摸那把烟草刀，指间斧头状的刀头冷森森的。罗尔斯从摇曳的须芒草中慢慢露出眼睛。鲍勃老爷和他的女儿，还有另外三个人。奇怪的是，他竟然在心里责怪主人把艾米丽牵扯进这件事里来。他一直也没弄明白，为什么这场景中的这一点在他看来特别不合适，因为这个想法在他脑中只是一闪而逝，接着他想到的就是，自己不知道会不会还没再见到讷丝，就死在了这片地里。

四个男人一看到塔尔博特、狗和西班牙吉姆，就放慢了速度，并排驱马向前。艾米丽在他们身后勒住了马。

“早上好，先生们。”老人向他们问了声好。

“看起来那个男孩很喜欢你的猎鸟犬啊，鲍勃。”里弗斯说。勒瓦洛伊加快了步伐，他们从与他相遇的地方快马走了将近十五英里。鲍勃闻到警长呼出的酒气，心想一个男人一边骑马小跑怎么还能一边拿着酒瓶子抿一口。威尔逊·贝克则是很紧张。这个酒馆老板经常要在里弗斯狂饮之后让他留宿，次数多得知道他喝醉了就会拿徽章不停炫耀自己。威尔逊·贝克那天晚上起床的唯一原因是想帮鲍勃一个忙，因为他常雇用罗尔斯和他的骡子队帮忙从里士满运来给养，而他们干得还挺出色。

勒瓦洛伊下了马，让他的马到大路对面的草地上去吃草，而罗尔斯正颤抖着躺在那片草地里。

吉姆说："那条狗旁若无人地走了过来。我猜这小子把它当成流浪狗了。"

"你叫什么名字，年轻人？"威尔逊·贝克问。

"先生们，请允许我介绍我的徒弟约翰·塔尔博特。"吉姆回答道。

勒瓦洛伊解开马鞍，把马鞍放在路边的地上，舒服地坐在上面。他点着了烟斗，使劲吹了几下，让烟斗旺起来。西班牙吉姆紧张地笑了。他觉得很奇怪，那人坐在那里，而其他人都坐在马背上，好像鲍勃寻找逃奴只是他的事后想法，或者整件事大费周章让他感到厌倦。吉姆一眼就看懂了这些人，虽然除了里弗斯警长以外，他们中没人给过他麻烦，他还是对这个叫勒瓦洛伊的人特别警惕。西班牙吉姆活了这么多年，他的肤色一直也没能让其他人相信他的话。他不知道他的族人真的是葡萄牙人还是东印地安人，或是以色列一个失散部落仅存的后人。但年轻时在弗吉尼亚州偏远地区生活的时候，他允许人们经常对他的身份指指点点，这样他勉强就被赋予了白人的许多权利，而没有得到的那些权利只是提醒他，让他时刻警惕自己的外表在别人身上激起的好奇心，因为它可能会激发起人们最为奇怪的行为。十五岁时离开位于博特托尔特县①的考帕斯彻河②边的家庭农场后，他所栖身的有屋檐的房子就只有监狱牢房了。他接触过的治安法官足够多，很明白那两种人之间的区别——一种是只想获得权力的人，而另一种则更加危险，他们所做的，是掠夺别人的需求。

“你会说话吗，孩子?”鲍勃问塔尔博特。

约翰·塔尔博特没有回答，而是望向西班牙吉姆，想知道这场骚乱的起因。冠军已经趴在他的脚边睡着了。艾米丽看着她的狗和比她大几岁的傻男孩。约翰发

---

① 位于弗吉尼亚州，其北边为阿帕拉契大山谷。
② 弗吉尼亚州中部河流，与杰克森河一起汇入詹姆斯河。

现她在盯着自己，愣住了。

“警长，”坐在地上的马鞍上的勒瓦洛伊问道，“我可以盘问一下老西班牙吉姆吗？”

里弗斯警长的焦躁平息了下来。“当然可以，勒瓦洛伊先生。但我这辈子就没听过任何一个该死的默伦琴人老实说过话。”

“你的眼睛怎么样？”勒瓦洛伊问西班牙吉姆。

“我需要它们做的事，我想它们都能做到。”

“这么说，你的眼睛能看清那条狗的项圈了？”

“我想是的。”

“那你看不到它是有主的狗吗？”

罗尔斯感到压力又回来了。它似乎离开了他的身体，扩展一个轨道上，环绕着他、老人和男孩、那些马和骑手，直到将他所知道的他们周围的世界都包围起来。他觉得自己如果不马上出去，他们会杀了西班牙吉姆，也许还会杀了那个男孩，但环绕着整个世界旋转的压力仍然压迫着他，让他下意识抓起了两把褐土。

吉姆说：“我到现在才见到主人。我这辈子对人或野兽都不曾有过所有权。”

“你的小徒弟呢？”

“他随时可以走。”

而那个男孩，一如既往地误解了他们的话。他以为也许西班牙吉姆说的是他再不需要他的陪伴了。

“当然，你的族人应该也明确过，像这样的白人男孩是不能蓄养的。”勒瓦洛伊说。

“我还是他这么大年纪的时候，家人就都死了。在这个世纪到来之前的某个时候，我们弗洛伊德山上的小屋被烧毁了。”

“如果一个黑人男孩，大概十几岁吧，沿着这条路走来，你知道什么代表着所有权吗？”

“我在这世上活了很久，还从未见过一个黑人男孩戴狗项圈。”

“吉姆，你说话小心点，”里德说，“我们在找我的帮工，就这样。别说那些胡话来添乱。”

勒瓦洛伊站起来，敲了敲烟斗，把剩下的烟草清空。

艾米丽嗅到空气中的烟草味道，觉得闻起来很香。她坐在马鞍上半睡半醒，但整个事件在她看来是一次大冒险。她低头看着父亲。他看上去有些小心翼翼不太自信。她想，也许是因为周围没有骡子可以给他鞭打。他的手紧张地抚摸着护套里的猎枪枪托，这让她很恼火。

她有一种感觉，勒瓦洛伊先生想做的事情都能做到。有什么好紧张的？

勒瓦洛伊走到西班牙吉姆跟前，用渡轮码头上其他人听不到的声音对他说："你得叫他从草丛里走出来，否则这种事还会发生。"

西班牙吉姆想问问他什么事还会发生，但他正忙着看莱瓦洛伊用手帕擦拭的刀子刀身上的血迹。在吉姆看来，这是一把非常昂贵的刀，还很精致，刀柄由麋鹿角制成，刀身工艺精湛，进入他左肋之间的空隙时，他甚至都没有感觉。吉姆跪了下来。我没有问过他的名字，他想说，但声音落到自己的耳朵里，却像风掠过水面的呼啸声，考帕斯彻河和杰克逊河在这片水域相遇，汇成了詹姆斯河。

"吉姆，你有什么想说出来的吗？"勒瓦洛伊问道。袭击的速度太快了，其他人都没有看到。他又捅了他一刀。

"你到底在干什么！"鲍勃说，"别看，艾米丽。别看！"他喊道。他把猎枪拔出来一半，但威尔逊紧张地看了他一眼，说："放松点，鲍勃，放松点。"他让猎枪又滑回枪套中，说道，"瞧，勒瓦洛伊先生，我只想找到罗尔斯，把他带回我的住处。"

“里德先生，你想要人帮忙，而我只是想以邻里友好的方式来帮你。”就算有人想起他们根本没有向他求助，也没人说出来。勒瓦洛伊似乎在颤抖，大地似乎也跟着他一起颤动。虽然聚在渡轮码头上的人因为精疲力竭，感觉都扭曲了，不过罗尔斯还是感受到了这种震动。他听到西班牙吉姆的血一滴滴地落在决定他命运的审判天平上那种可怕的声音。他想到了关在伦普金监狱里行刑室里的讷丝。他听到他母亲说，今天是艰难的一天，明天也一样。他的一生都是一个惩罚，尽管他经常告诉自己，他注定要遭遇的事情，随时都可能落到任何人身上，但到目前为止，他所经历的残忍和不公并没有落在其他任何人身上。但现在老人躺在路上，淌着血。西班牙吉姆没有伤害过罗尔斯。他只是想像摆渡其他任何人那样，把他送到河对岸去，拿到那二十五美分。罗尔斯不知道人们应该得到什么，但他知道他们并没有得到。相反，他们得到的似乎只有他们不该得的东西，就好像世界已经被造成了一台机器，那种机器只能产生一种结果。他希望来世能再见到讷丝，但又觉得那不可能。他站起来，从草丛里走了出来，走到路上。冠军并没有朝他跑去，它和跪在地上对着西班牙吉姆啜泣的约翰·塔尔博特待在一起。吉姆奄奄一息，血在路面的尘土中积聚成一汪血泊。罗尔斯看着鲍勃，那个花了三百五十美元买下了他的人，说道："你该做什么就尽管做吧，鲍勃老爷，但下手要快。"

鲍勃和威尔逊·贝克把罗尔斯的手脚捆起来，将他侧吊在艾米丽的马上。他们把约翰·塔尔博特留给了西班牙吉姆。"小子，我们会请医生来的。"鲍勃说。冠军留在了约翰·塔尔博特身边。

他们扬长而去，尘土慢慢落在附近的草叶上，落在路面的血泊中。尘土落在约翰的头发上，引得他眨了眨眼睛。他一直望着这些骑手，直到他们消失在大路的拐弯处，然后他收回视线低头看着西班牙吉姆。

"我相信今天会挺暖和，吉姆。"塔尔博特说。吉姆说："我相信你说的可能是对的，塔尔博特少爷。"他的意思是，当然了，他觉得认识这个男孩是他一生中最美好的经历；西班牙吉姆，来自博特托尔特县的默伦琴人，一八〇〇年他背井离乡，是因为家被人烧了，那些人将唾沫吐在他父亲的尸体上，笑着说："这里躺着埃米特·柯林斯，大便山的粪球王。"他就是这么想的，这个愚笨的约翰对他来说是个多么好的孩子，他一生中从未有过片瓦遮身，从未拥有过一个人、一头野兽或任何东西，除了用来载人渡过詹姆斯河的平底船。

艾米丽和身上散发着烟草香味的勒瓦洛伊先生骑马往她父亲家走。她为男孩塔尔博特感到难过，但她确信老人一定做了什么可怕的事。

***

接近晌午的时候，他们回到了鲍勃·里德的住处。勒瓦洛伊很正式地向里德夫人作了自我介绍。“我很遗憾我们以前没有见过面。”他说道，“您丈夫在我需要的时候干得不错，确实做得很好。”他对鲍勃说：“你这里可是一直藏着一位美女没让我看见啊！”露西·里德脸红了，带着艾米丽进了屋子。前门关上后，他盯着看了一会儿，然后转身在门廊台阶上坐下，漫不经心地把左腿架在右腿上，又把烟斗填满了。

威尔逊·贝克把罗尔斯从马上拉下来，让他靠在夜里多数时间拴着冠军的那棵树下。

“把他的绳子解了吧，贝克先生。”勒瓦洛伊说。

其他三个人都不知道下一步该怎么办。长期以来他们一直都认为惩戒的威胁足以起到威慑作用，使他们的一生都朝着可预测的方向发展。此外，他们对使用暴力来控制自己的奴隶心存犹豫，这标志着深切的善良和忠诚。善良和忠诚正是所有人之间千丝万缕关系的写照。五个人聚集在梧桐树色调苍白的花蕾下，只有两个人没有产生这种错觉。

罗尔斯坐在那里，浑身尘土和汗水。春风灌进他衬衫的破洞，冷冰冰的。让他在夜里暴走的，正是里德先生的含糊其词。他承认自己对这个世界知之甚少，但他早就断定，一个善良的主人是糟糕的主人。鲍勃·里德比这更糟糕。他自欺欺人地认为自己根本就不是一个主人。从小就拿起斧头的屠夫会要求服从。但他听说，善良的主人要求的是奉献。不过里德老爷似乎认为他已经取得了罗尔斯的同意，好像鲍勃保险箱里写着他的名字的那些文件（还有写着他母亲名字的文件）只是一种必须讲究的规矩。有时，当他们骑着骡车进城，他会说："你知道，罗尔斯，要是之前约翰·布朗①成功了，我还是希望你为我工作，让我付你工资也行。"罗尔斯最讨厌的就是这个观念——如果白人只是相信在不存在的另一个世界里他们是好人，那这样的信念就能让他们在现实世界里成为好人。他自言自语地说："那就尽管动

---

① 约翰·布朗（1800—1859），美国废奴主义者。1859 年率领 21 名白人和黑人起义，把废奴运动推向高潮。起义最后被镇压，他被逮捕并杀害。

手吧，你们这些魔鬼，有胆你们就上啊。”

勒瓦洛伊拍了拍膝盖，被烟斗里的烟熏得像是呛着了又像是在笑。烟从他的嘴里和鼻孔里冒出来。“听到了吗，鲍勃?”他说道，“这是不把所有人都放在眼里啊?”

勒瓦洛伊从门廊台阶上站起来，罗尔斯整个人都僵住了。

“你不能击垮这样一个骄傲的男孩。这是一种罪恶。想想若是受到适当激励，他能做些什么。”他在和鲍勃谈话，但罗尔斯心里明白其实那些话勒瓦洛伊是说给他听的。“我想我们已经养成了一个坏习惯。当我说‘我们’时，我指的是我们所有的南方人，包括我自己。我们可能会在此时此地改变方向，让一切回到正轨，再持续上一百年。”他踱着步，一字一顿地说着，好像这些话是从启示录中领悟到的。“身处各种机器中间的扬基佬①瞧不起我们，认为我们把整个世界都当作一个谷仓，认为我们对企业和进步一无所知。也许他们是对的。你们不记得亨赖科②那个叫加布里埃尔的黑鬼策划谋杀案的事了吗?那事也没过去多久。还

① 最初指在美国东北部新英格兰地区定居的殖民者，南北战争期间，含义扩大到北方各州的士兵。

② 里士满北郊的一个县。

有南安普敦县的纳特·特纳[1]将白人妇女和婴儿碎尸的事呢?”

“快点，勒瓦洛伊先生，”里弗斯警长打断了他的话，“有人要搞叛乱，我们不能坐视不管。”

“这话太对了，皮特，”勒瓦洛伊说，“我十岁的时候，看到过特纳的一块尸体挂在一根灯柱上，也可能只是一块猪前腿肉，挂在那里晃动着。我的意思是，扬基佬不会破坏一台出了故障的机器，只要它还能修，对吧?我跟你说，我去过纽约市，但从来没有见过他们砍碎一台轧棉机，然后把它的碎块挂在灯柱上。”他走到罗尔斯跟前，抓住他的双肩，让他站起来。罗尔斯没有踉跄。勒瓦洛伊在他耳边低声说：“孩子，你觉得我胆量有多大?”

“很大，我知道你是什么玩意儿。”罗尔斯说。

“很好。”勒瓦洛伊说着，又转向鲍勃说，“我想这个男孩是可以修理的，但我们必须找出他故障的原因。”

“我想可以从这里入手。”鲍勃说。

“鲍勃，你的举止是谁教的?”

“我的举止?”

---

① 1831 年在弗吉尼亚州南安普敦县发动叛乱的黑人奴隶，带领一群人屠杀了 60 多名白人，后被吊死，身体被肢解。

“是的，鲍勃。你的身份，你在这个世上的生活方式。你呢，警长？贝克先生？”

“我会说是我妈妈。”威尔逊·贝克说。

罗尔斯未经他们允许就跌坐了下来。微风拂过空地，清冷不绝。他闻到了警长身上的气味，口臭和酒后的汗味，还有脏衣服的臭味。他感到空气抚过他身上的每一个毛孔。他知道接下来会发生什么。他脑子里充满了对讷丝的思念。他的母亲说，今天将是艰难的一天，明天也一样。事情最后总落得这样的结局。约定早已立下了，虽然他浑然不觉，但确实如此。他感到胸口一阵窒息，一颗心像中枪的鸽子一样搐动着。我是我自以为的那种人吗？还是会像其他人一样畏缩？

“贝克先生，这就是我要说的话。你母亲创造了你现在的样子，就像机器制造出一个对世界有用的东西一样。”

“我从来没有想过是这样的，但我想你说得没错。”

“如果一台机器正在制造残次品，我们可能会说损害是无法修复的。”

“我想确实如此。”

“小罗尔斯在这里，他不是一台老机器。他锅炉的蒸汽还可以冒好些日子。但是他的妈妈？如果他继续这样做，也许问题就在她身上。也许她就是养不了孩子。鲍勃，你之前还让她照顾小艾米丽。罗尔斯，你妈妈那么容易出故障，你认为你的主人会让她照顾他的女儿吗？我想我们应该把她拆开，看看我们是否能弄清问题在哪里。一次拆一点。是的，先生，一台旧机器坏了就必须把它拆开。你可能无法把它重新组装好，但你必须试一下。除非我们看错了她，除非你想告诉我她养大的小孩还行。”

罗尔斯开始无声哭泣。他感到前所未有的愤怒。他想不管他的双手有没有绑住，他应该都能掐死一个。警长。也许在其他人杀了他之前，他可以把警长掐死。这一切的意义是什么？每一次呼吸，每一处淤青，每一个伤口，他心上每一寸无法愈合的伤口。如果他冲一个人下手，他妈妈会理解的，他心想，如果我们在黄泉下相见，她会理解我的。

对于勒瓦洛伊的步步紧逼，其他人都没有异议，连警长也没有。面对真正的权威，他特别温顺，就像一条用牛肝做训练奖品的狗一样。

“也许还有别的办法。”勒瓦洛伊说。世界正在变化，他想。尽管他愿意比大多数人更迅速地承认这一点，但他真正的天赋在于认识到人们并没有随之改变。

铜器取代了石器。火车车厢取代了马车。但是，人们永远都被自己的欲望所束缚。无论如何，我们都必须为我们的欲望付出代价。“鲍勃。”他说道，然后停顿了一下，好像在强调他注意力非常集中，“我会给你双倍于你买这两个黑奴的钱。”

那天晚些时候，勒瓦洛伊付给鲍勃·里德差不多一千四百美元，买下了罗尔斯、奥瑞莉亚，还有艾米丽头天晚上骑着的那匹佩尔什大马。那笔钱比当年买奥瑞莉亚的价格多出一千美元。那是在大约二十年前，她怀着罗尔斯的时候，在伦普金的黑奴集市上被买走。当晚他们到达博韦种植园时，勒瓦洛伊告诉罗尔斯他的期望和他能得到的回报。“毕竟，我是个商人，罗尔斯。”他说，“生活就是一系列的讨价还价。”那时距离一八六一年四月还有几周，战争[①]即将来临。勒瓦洛伊在心里算着年头，计算着他新资产的利息和增值。他非常高兴，考虑到通货膨胀的因素，他几乎是一分钱没花就得到了那匹马。

① 即发生于1861年4月12日至1865年4月9日间的南北战争。

第四章

乔治站在餐馆门前停车场的砾石地面上，等着女老板抽完她那支波迈牌[①]香烟，这是六点钟来临之前的十分钟内她所抽的第五支烟。她看了看手表，把烟扔到柏油路上，娃娃款帆布鞋鞋尖踩了踩烟头，点点头让他跟着她进去。他猜厨师们是从后面进去的，他们给砧板抹了抹油，又刮擦了几下，打碎了几个鸡蛋，着手开始备餐。两位女服务员跟在他们身后，乔治后来发现其中一位是那姑娘的母亲。她们在柜台边坐下来，用餐巾纸卷着银餐具。

抽波迈香烟的姑娘打量了他一会儿，做出了某种决定，把他带到了后面的一个卡座。走向餐桌的时候，他们经过一块牌子，上面写着“克洛坦族[②]”。乔治坐下时环顾了一下餐厅，看到另一块牌子写着“有色人种”，从他所在的女孩身边那个位置看去，那牌子算是在餐厅的另一边。他看不到有标注“白人”的标志牌。“这些

① 英美烟草公司生产的香烟。
② 印第安人之一族。

标志是怎么回事?”他问那姑娘。

“法律规定，我们必须为白人、印度人和黑人分别设置的场地。”她说。

“白人的场地在哪里?”

“嗯，这些地区大部分是克洛坦人，还有黑人。白人?”她笑着说，“他们不来这里。”心想，他还不如问问罗马教皇坐在哪里。

她走到角落里一个镀铬的海鸟牌投币点唱机前，垂肩的黑色长发遮住了唱片盒。她投进去三个五分镍币，按了几个按键，几乎空荡荡的餐厅旋即回荡起三首优美的西部乡村风歌曲。年纪最大的女服务员给他端来了咖啡。她的灰发用丝带扎成一条长辫。乔治向她打听刚刚唱响的那首歌，其中一种乐器他听不出来。她告诉他这首歌是韦伯·皮尔斯的《慢慢地》，那些奇怪的推弦是一种叫做踏板电子吉他的新型吉他演奏的，而且她已经掌握了这方面的专业知识，因为餐馆的女老板，就是她的女儿洛蒂，三月以来每次轮班时都不停地弹奏。乔治不太喜欢手摇留声机或收音机。他并不讨厌它们，但他生活中的大部分时间里，音乐只是一种插曲，是生活仍有选择的时候的一个层面。过去二三十年中，他有时觉得自己仿佛进入一种新的荒野，世界继续冷漠地叠加着他无法控制的事物，直到连独自片刻思考也要跟噪音和霓虹灯争夺空间。在他七十岁生日那天，妻子给了他一个惊喜，一辆林肯西风之神轿车和一台摩托罗拉收音机。在她去世之前，他们最后一次争吵是因为他拍了她的手，不让她去拧旋钮，因为他不想她打开收音机。

乔治从他的小提箱里拿出《黑人旅行者绿皮书》，把它放在窗户下的胶木桌子上，旁边放着盐瓶和胡椒瓶。然后他拿出他带来的另一本书。这是威斯托弗县威廉·伯德二世的日记①，乔治发现日记的用处主要在于它的重量能够保护他最古老的财产，一张夹在里面的便条，上面请求发现幼小的他的人照顾好他。便条的纸张已经很脆弱，其脆弱在于它是几乎无法抵抗时间侵蚀的物品，也在于上面所书事实那种隐含的绝望。有人用颤抖的手潦草地写下了以下内容：1866年，我叫乔治，我快三岁了，照顾好我，我现在属于你。与这本书不同的是，乔治希望这张便条能派上用场，尽管他仍然不确定自己该如何去做。

---

① 威廉·伯德二世（William Byrd II，1674—1744），北美殖民地时期的庄园主、官员和作家，弗吉尼亚早期的一位重要人物，其日记反映了18世纪的美国人生活，著名的作品有《分界线的历史》（*History of the Dividing Line*）。

这本书是与他一直关系友好的亨利·利维二世在四十年代给他的，因为他把乔治长期以来对自己身世的好奇误认为是他对弗吉尼亚州历史更广泛的兴趣，特别是对弗吉尼亚州与北卡罗来纳州之间的关系史感兴趣。乔治亲切地对他的礼物表示感谢，感激他朋友的好意，但他对历史有着根深蒂固的怀疑，因为他所读到的历史极少能反映他自己的独特经历。他更喜欢大仲马的冒险小说，不过他是一个彬彬有礼的人，不能对亨利说这种话。

洛蒂移到柜台尽头靠近乔治的座位上。她母亲拿出一个盘子，放在书的旁边。乔治吃得很慢。他凝视着大玻璃窗外阳光明媚的早晨，努力回想自己被吸引到这个地方的原因，心里却又一片茫然。你连丢了什么都不知道，又如何开始去寻找它呢？现在他身处一家路边餐馆，另一首苍凉的乡村歌曲在空气中似有若无地回荡着，他完全不知道下一步自己该怎么做。

“那是什么书？”洛蒂问。

“没什么。”乔治说。

“很多书都没什么。”她边说边把香烟掐灭了。

“所以它很有用。这书可以夹住这张便条，这样它就不会被我弄丢了。”

“那如果你不介意我问的话，可以说说便条上写着什么吗？”她跳下凳子，滑到乔治对面的长凳上。

“老古董啦。”他说着，将便条递给了她。

她小心翼翼地拿住。“乔治是谁？”她问道。

“就是我。”

她看上去一副难以置信的样子。“一八六六年？不可能吧？”

“你没见过老人吗？”

“呃，当然有啊。只是……别怪我粗鲁，先生，但一八六六年简直就是英国封建王朝时期了，感觉非常久远。”

乔治笑了。“你没说错，确实很久远了。”

“这么说，您有九十二还是九十三岁了？”

“差不多吧。”

“那您的生日是什么时候？”

“我不太清楚。你手上那张便条就是我所知道的全部身世，还有就是我小时候不知怎么就这样了。”

“您不记得家人了吗？”洛蒂问。

他对那段时间的回忆都是转瞬即逝、断断续续的。它们似乎没有什么联系，就像发生在其他人身上的经历。尽管他有时会想象，如果回忆一下，他可以把这些片段发生的顺序整理清楚。了解你自己，这话他听过上百万次了。话没有错，但能不能做到只有天知道。

威廉·伯德二世的日记仍然打开放在他们之间的桌子上，虽然他俩都没有留意，而且也不知道他们若是发现了会不会费心去读上面的内容。那部分写着：

1710 年 11 月 13 日。我七点钟起床，做了一个简短的祈祷，然后在种植园里散步。迪格斯上校叫了一个浅肤色的黑人来让我们看看，这个人除了肤色，其他方面跟黑人没有两样。这个女人告诉我们，在她的国家，在卡拉巴尔①附近一个叫阿波②的地方，有很多白人和黑人。

昨天英格尔斯先生把一个孩子烧死了。我们去了州议会大厦，在那里待了大约两个小时，然后我去和州长共进晚餐，吃了烤羊肉。我收到一封从家里寄来的信，信中告诉我一切都很好，除了一名逃跑的黑人妇女被发现已死亡。我做了祷告，身体健康，思想良好，心情愉快，感谢全能的上帝。

① 尼日利亚港口和西非航线的主要港口。
② 位于尼日利亚三角洲州的一座城市。

***

他确实记得树林里的人声，像一波波雷声，清晰尖利，滚滚不绝；还有痛苦的哭喊，一个只管他叫“朋友”的男人把他像襁褓一样塞进一件灰色大衣里，帮他御寒。整个世界一股烧焦的火药味，这种气味让他余生不断地回到过去，回到那晦暗不明的时刻。如果不是马蹄悦耳的声音将他带到冬日淡蓝的晨曦之中，让他重见光明，他差点就以为那些声音不知道怎么让他瞎了眼呢。在那里他看到自己和六位骑手一起，从一团晨雾和冒烟的枪中走出来，走向一个似乎不适合人类居住的世界。

他们没有经过任何城市和城镇。南部沿海平原已是一派隆冬的凋敝。所有农场的收割很早前就完成了，剩下的只有玉米茬和光秃秃的泥土，将火炬松和长叶松的海洋分割开来。他们骑马穿过这些树林，悄无声息，没人说话，也没人庆祝。马蹄踏过落在地上的松针，让小乔治安心深睡起来。

他醒过来时，从那人羊毛大衣上许多暗铜纽扣中的两个扣眼往外看。如果他年纪够大，能认字母的话，他可能会看到纽扣上印压着 CSA① 三个字母，尽管这种知

① 即美利坚联盟国，美国南北战争时期的南方联盟。

识也不太可能对他有什么大意义。乔治被裹在大衣里，那人的左臂护着他的后背，右手放在缰绳上。他高高地坐在马鞍上，一副自豪的样子，似乎一点也不在意肩上深红色的印渍，这些印渍随着时间的流逝晕开了。很长一段时间就在这样的寂静中流逝了。白天变成了黑夜，空气变得更冷。那人没看过乔治一眼，不过他时不时会喊一声“驾”，然后把他托高一点，好让他在这奇怪的旅程中更舒服些。

对那个裹在外套里孩子来说，他们似乎骑行了有千年之久。但埃德加·塞尔顿觉得，他们与一队南方军的游兵散勇在弗吉尼亚州边境大迪斯默尔沼泽附近乡间交火之后，过去这十五个小时里应该跑了有五十多英里。埃德加冷得发抖，前一天把那个吓坏的孩子从那里救出来的情景也让他不寒而栗。他们看到了一个戴着溅满鲜血的眼镜的奇怪年轻人，那场景一直萦绕在他的脑海里。他们看到士兵们在那些可怜的尸体上跳跃欢呼，野蛮地对待尸体。那年轻人把手枪对准他说道：“先生，你这是什么表情?”

“战争已经结束将近一年了，”埃德加回答，“你没有理由这样对待这些人。”

年轻人当时就笑了，埃德加差点在手枪枪管的黑洞下迷失自己，就像一个旅行者在没有星星的夜晚寻找着北极星。但是埃德加虽然受了伤，却终究活了下来，那个小混蛋没有。

他吹了一声口哨，那群骑手放慢了速度，然后停了下来。那天晚上，他们在伊登顿①郊外的深林里安营扎寨，准备余冬都在这里度过。他们好几年不曾在一个地点待上超过一个星期。但新年快到了，而且根据他们发现他时别在他裤子上的便条来看，他们现在有一个三岁的男孩要照看。起初他们没有生火，也没有弄出动静。那天晚上裹着小乔治睡觉的暖和毯子，是几年前埃德加在弗吉尼亚州的一个叫雪松山的地方，从他的南方军上校的马鞍下取出来的。他的表弟查理包扎着肩上的伤口，那是前一天被一把点36柯尔特海军转轮手枪打中时留下的。埃德加则思考着这个小家伙的出现将会如何改变他们明摆着的随意行程。他现在当然知道他们的人头都被悬赏了，而且他的头是赏金最高的。他们都看到了通缉海报，读过措辞激烈的社论，呼吁以任何方式结束当时被称为“塞尔顿兄弟叛乱”“克洛坦暴动”或“埃德加复仇行动”的事件。

---

① 北卡罗来纳州地名。

埃德加觉得他们注定要被绞死。尽管他并不急于迎接那一天的到来，但每当他把手伸进口袋，重读雪松山战斗前他年轻妻子给他写的信时，他就觉得没必要再拖下去。他时不时地读上一两行，我们总认为不会有再多罪要受了，结果还是有。他们已经把我们所有的猪都赶到了他们的土地上，还把我们当作贼。夜里火把将我们的房子团团围住。最亲爱的埃德加，我们的生活里全是恐惧。

他把这封信给他的上校看了，在讲了一些关于牺牲的陈词滥调之后，那人说，更伟大的事业需要埃德加，还说如果他放走每一个为家人所思念的手下，就没有人可以和北方佬作战了。埃德加回答说，他才不管什么北方佬呢，招惹他妻子的又不是他们。那个军官说："我劝你不要鲁莽行事。"

第二天，战斗开始时，他射杀了上校胯下的战马，趁他还压在奄奄一息的战马身下时，拿走了他的马鞍毯子和一对勒马特左轮手枪，然后步行下山开始了他的回家之旅。一个月后，当他来到位于罗伯逊县兰伯河岸边的家时，房子只剩下一堆灰烬。田地也被烧毁了。猪圈的柱子被整个拔起，然后扔到烧着的房子里助燃。谁也说不出他妻子去了哪里，说不清她是否挺了过来。他的大多数亲属远远地站在外围，看着痛不欲生的他，就像是要给一头中枪的雄鹿足够的时间，等待它重新站起来，或者死去。它正在下决心的时候，任何人最不想做的事情就是走到它身边，他们知道只有这样，他们才能得到鹿角。只有他年轻的兄弟们，十二三岁的年纪，还有两个表弟，敢在因他而起的令人颤抖的死寂中跟他说话。

他们说来征兵的军官一直在给每个人找麻烦。你不能帮任何人做任何事，否则他们会以共谋的罪名把你关起来，把你遣送到威尔明顿①去做苦工。“妈的，埃德加，”他的表弟查理说，“他们往前线派了那么多该死的穷白人，所以活儿都没什么人干了。他们已经开始驱赶黑人了，不管你是不是自由身。他们把黑人从地里带走的时候，甚至都不用付钱给主人。几个月前他们开始带走克洛坦人。你弟弟说他们还跑到兰伯顿郊外的印第安人学校，把年纪比他小的男孩都聚集起来。第二天，他们搜寻我们余下的人，结果就袭击了你们家。”在这里，埃德加是个逃兵。如果他们围捕克洛坦印第安人，埃德加认为他一定会遭到特殊对待，于是他开始考虑适当的对策。

① 北卡罗来纳州东南部一城市。

他在房屋残骸边的空地上露营。白天他在灰烬中翻找，晚上就在河里洗澡，火灰从他身上落下，一大片一大片，厚厚的，让落在黑水里的月色越发黯淡。在一八六二年九月温暖的一天，执法者再次光临他家废墟之前，埃德加在灰烬中发现了一根被火烧得皮肉脱落的发白的纤细指骨。他把骨头带到河边，不知道该怎么办，不知道胸膛里因为发现骨头而燃起的怒火是否能平息。他倚在水边的一棵树上，在那里坐着，直到日落，直到萤火虫在他面前飞舞，排成了小星座的模样。它们在浑浊的水面上盘旋，忽明忽暗，好像变魔法一般。他从容下定了决心，毫不后悔，他一定要让那些罪魁祸首感受痛苦，这种痛苦的程度要等同于他对妻子的爱。很快，他就会发现，第一次见到她的那天萌生出来的那种无限又无形的悸动，其程度是无法衡量。那是一个穿着方格连衣裙的姑娘，沐浴在兰伯河里，肤色头发皆黑，脸和秀发浸湿在琥珀色的河水中，河水雾气蒸腾。他们从他身上所夺走的东西也难以衡量，但他发誓无论如何都要努力算清这笔账。一周后他们又来了。男孩们将被船运走，去挖战壕或在码头上劳动。埃德加则将被送上绞刑架。那天那里有十个塞尔顿家的男孩。枪战结束时，有八个一起离开了埃德加的营地。在经历了那以后的四年间所发生的一切之后，剩下的六个人在伊登顿西面的树林中断断续续地休息了一会儿，醒来看着太阳从阿尔比马尔湾[①]上升起。

乔治用手指戳着条纹毯子上的破洞，低头看了看前天晚上抱着他的那个人。他的黑发稀疏又干枯，全身看得到的地方都很脏，跟其他人一个样。

乔治怯生生地问了句什么，基本上是咿咿呀呀的童言童语。

埃德加吓了一跳，几乎二十四小时没人说话了，他只清楚地听到“家”这个词。“朋友，你家在哪里?”他问道。

男孩没有回答，而是耸耸肩，趔趔趄趄地走过来，坐在埃德加的腿旁，埃德加用自己的碗给他喂食。

“我也不知道，”埃德加说，“我们得给你找个家。”

随着春天的到来，这支塞尔顿小队离开了他们在阿尔比马尔湾畔搭建的冬天营地。他们沿着沼泽上方的狭长地带慢慢向南骑行，有时距离足够近，可以看到远处的障蔽岛[②]。“他们在岛上养了小马。”有一天埃德加对

---

① 北卡罗来纳州东北部濒临大西洋的海湾。
② 狭长形的高出海水面的砂岩体，平行海岸分布，与海岸之间常有潟湖相隔，对潟湖起屏障作用。

乔治说，希望能让这个男孩从忧郁中振作起来，他的性格似乎更多的只有忧郁。但他的话不起作用。相反，乔治想象到的是马被人从陆地赶到水中，它们的头在海湾灰色的海水中浮沉挣扎，被咒骂着驱赶到更远的海域。

汤普森·塞尔顿骑上前，来到他哥哥身边，捏了捏小男孩的脸颊。乔治的坐姿跟埃德加一模一样，但是个微缩版。他笔直地坐着，骑行的时候抓住鞍头，然后无精打采地缩回到埃德加的大衣褶里。“我们得对这个小家伙做点什么，埃德。他已经死里逃生过一次，跟我们一起躲在这里也还好，但全世界都在追杀我们，把他卷入到我们即将面临的状况就是罪过了。”汤普森说。

“我知道，兄弟。但我们总不能把这小家伙放在路边吧。我知道唯一能带他去的地方就是回到兰伯顿。”

汤普森嗤笑。“该死的，埃德。如果回到那里，我们会被枪杀的。”

“那你想把他带回弗吉尼亚吗？”埃德加问道，“看看他，汤米。这世上还有其他什么地方能好好对待这孩子呢？克洛坦人和黑人在北卡罗来纳的罗伯逊县自由生活了两百年。战争去年四月就结束了。如果我们能平平安安地把他带到那里，他就能平平安安地长大。我已经厌倦了东躲西藏，兄弟。再说了，我们也带着枪，对吧？”

“埃德加，”汤普森说，“只是别忘了，我们并不像你那样急于走向我们最终要去的地方。”

他们最终达成了一致。虽然几个月后，他们会在山里遭遇追兵，但他们得到了暂时的喘息，他们在这世上的最后一段时光里无所畏惧地生活着，生活在可能之中，一路慢慢地回归故土，拒绝回头。

五月，他们越过边界进入罗伯逊县。汤普森和查理都问埃德加，难道他们不应该待在树林里就好吗？但埃德加觉得，如果要让小男孩把这个地方当作家，他们就应该把它当作一个不必畏惧的地方。不过，他还是做出一个让步，把小乔治交给了汤普森，告诉他要落在后面保持一段距离，这样一旦有麻烦，他们也可以躲一下。

埃德加带领这一行人沿着尘土飞扬的道路向城里进发。天气酷热难耐，这种天气对于五月而言非常反常。一开始似乎没有人对骑手们的出现感兴趣。早在战争结束前他们就开始逃亡，尽管北卡罗来纳州那一地区的大多数人从未真正投入过战争，但战败的影响似乎还是无处不在。

尽管如此，还是有一群人在格林供给品店前面的行人木栈道上，留心观察着他们走过。骑手们走近时，埃德加听到一个声音喊道："是你吗，埃德加·塞尔顿?"声音来自店主格林先生，埃德加和他的人认识他很久了。

"算是吧。"他回答道。

"永远回来了?"

埃德加把手伸到右腿下的枪套前，引人注目地抚弄着不离手的武器的枪柄。然后他勒住马，右手抚摸着几乎与胡须齐平的黑色长发。这个手势暴露了他插在皮带上的两支勒马特左轮手枪。"现在不行，格林先生。我觉得应该不行。"他说。

"人们都疲惫不堪，不想去惹麻烦，埃德。"格林先生说道。不过埃德加不确定格林先生这话是为了让他确信自己不会受到伤害，还是拐着弯要求他复仇的时候不要把他也算进去。

"我也不想惹麻烦。"埃德加说。

"大多数加害你的人都死了……"

"无耻。"另一个人说。

"的确，罪人都很无耻，"格林先生继续说，"那些活着的人啊，他们去寻找羊毛，结果却一无所有地回来了。"

"加害，你说?"埃德加的心在胸膛里怦怦直跳，就像一只落入陷阱里的狐狸。尽管天气炎热，他的手臂还是起了鸡皮疙瘩。“你知道，我想我听过那些家伙被杀的消息，”埃德加说，“听说在那里接二连三有人被杀，好长一段时间了。”

木栈道上有两个人慢慢把自己和格林先生的距离拉开了一些。“你可以去打听打听，埃德加，”格林先生说，“没有人给任何克洛坦人制造麻烦。见鬼，我们甚至连那些黑鬼都不管了，尽管他们把我们拖进了那场该死的战争。”

埃德加笑了。“好吧，我相信我们都非常感激。”他说罢，策马而去。

烟尘落定，骑手们离开了城镇。之后那些人聚集在格林供给品店门前，同时呼出大家一直屏住的气息。“妈的，”其中一个喊道，“我还以为会干起来呢。”

“我可不想再给他机会。”格林先生说，然后一路小跑过了马路来到银行，里面的小电报局有一名职员在岗。

埃德加和他的兄弟们骑着马，从橡树柏树上垂下的光影斑驳的松萝帘下走过，往河边去。埃德加估计他们还有一整天的时间，运气好的话可能有两天。

“你打算怎么做，哥？”汤普森问。

“还记得多洛丽丝小姐吗?”

“当然。她过去常把我吓得屁滚尿流。我以前觉得她很不祥。”

“不。”埃德加说,“她只是长时间独住罢了。”

“她跟我们有什么关系?”汤普森问。

“没什么关系。这才是关键。我希望她也许想要个同伴。”

汤普森把男孩抱在怀里,在马鞍上把他抛向空中,再接住他。他反复这么做着,直到乔治笑得难以自已。他把手放在小男孩的肩膀上,把他放回鞍头后面的位置上,用力但温柔地挨紧了他一下,自言自语道:“乔治,我希望你能有个好人生。”

他们在路况不佳的道路上骑行,穿过兰伯河周围的沼泽地,花了将近一个小时才来到多洛丽丝小姐的小屋。他们用绳子把马拴在离房子稍远一些的地方,埃德加独自走上了通往门廊的楼梯。

他喊了她的名字,她走到门口。她的年龄不太好说,而且要取决于她站立的角度,也很难判断她是克洛坦、玛斯蒂、白人,还是埃德加都不知道该叫什么的其他种族。她的身份让人们困惑,很长一段时间来,她都离群索居,远离这个好奇却又可以预见充满不确定性的世界。

“夫人，您认识我吗？”埃德加问。

“是的。”她说。

“我想请您帮个忙。”

“我欠你人情吗？”她问道。

“不，我一直都在跟人清账。我确定您不欠我什么。”

“我听说了你的麻烦。”

“是的。”他说。

“你的妻子很漂亮。一个善良、敬畏上帝的女孩。”

“是的。”

“她不会回来了，是吗？”

“是的，夫人。我在弗吉尼亚打仗时，护卫队[1]杀了她。”

“啊，我明白了，”女人说，“那帮什么忙？”

“我们这里有个弃儿。”

汤普森把男孩放下来，在他耳边低语。乔治在空地上跑了几码远，来到埃德加身边，抱住他的一条腿绕着转圈，好像那是一根五月柱[2]。小男孩好奇地看着那个女人。

---

① 该州民兵武装。

② 五朔节时人们围着跳舞的由彩条装饰的高大柱子。

“那你知道你们要去哪里吗？”

“知道。”

“要去多久，你觉得？”

“我们必须马上离开。在那之后……我不知道。该来的总会来的。”

“这些话从来都不顶事。不过我想你是知道的吧？”

埃德加低着头。虽然他的感受用“羞愧”一词来描述最为贴切，但事实并非完全如此。“我知道。”他回答道。

她走下台阶，抱起男孩，紧紧地抱着他。“他叫什么名字？”她问道。

“他叫乔治。”他说。过了一会儿，他像是突然想到，补充了一句：“乔治·塞尔顿。”埃德加把他们在小男孩衣服上发现的便条递给了那个女人。当时他们发现他藏在死去母亲的裙下，身上浸润着她的鲜血，手里本能地握着一把麋鹿鹿角刀柄的匕首，刀刃上有血迹。但当他们把乔治从那个可怜的女人裙子下面拽出来时，血早已干了。便条也染上了血。埃德加坚持要大家停下来把孩子清洗一下，于是他们就在横跨北卡罗来纳州和弗吉尼亚州边界的一条无名小溪里，用冰冷的河水给他洗了个澡。男孩尖叫着，直到小嗓嘶哑。他们给孩子裹上他们全力腾置出来的暖和衣服。那年十二月，他们比往常都冷了些，但大家并不那么在意。他让多洛丽丝小姐帮孩子保管这把匕首，直到他长大些。“这是一把好刀。他应该拥有这么一样好东西。”他说。

埃德加双手捧住孩子的脸颊，感激地望向多洛丽丝小姐。她伸出那只空着的手，抚住埃德加的脸颊，仿佛埃德加又回到了童年。他的头低垂在胸前，双肩向内沉着。他的兄弟们站在马旁，远远看到埃德加陷入强烈的痛苦与沉默中，他们觉得自己看到他身上残存的火焰正渐渐熄灭。

“也算是一桩好事了，”她说道，“去吧。”

于是他们就走了，脚趾浸入了等待着我们所有人的宿命的长河中。

在六个月后拍摄的、继而被广泛刊发在当天报纸上的一张照片中，埃德加·塞尔顿、他的两个弟弟、他的表弟查尔斯·布莱德被安放在一排匆忙打造的普通松木棺材里，棺木竖立在阿什维尔城里本库姆县治安官办公室外未上漆的木墙上。其中年纪最大的是埃德加，二十二岁。最小的是他的兄弟汤普森·塞普蒂默斯·塞尔顿，十五岁。他们每个人的脖子上都套着一个绞索，尸体吊在佛兰西布罗德河东岸的鹅掌楸树林里，晃荡了三天，以儆效尤。同样引人注目的是，在他们血迹斑斑的衬衫上、脸上和头上，以及年轻的汤普森的手和前臂上，都有许多弹孔。照片中这些弹孔暴露在他们的汗衫短袖下面。他们都是被地方治安队杀死的。治安队发现他们时，他们正在树林下面的河里洗澡，没带武器。尸体随即被吊在树林里。进一步的报道和社论表明，这张诡异的照片冒犯了国际上几家报纸受过教育的读者群敏感的神经。而且，尽管正义得到了正确伸张，但以一种不那么让人震惊的方式去报道这伙克洛坦印第安人暴徒的灭亡，可能会更得体些。

如果有人问起摄影师如何看待他的相机拍摄到的未经修饰的图像与读者看到后的巨大震撼之间的差异，他很可能会提到，照片是被迫等到那一刻才拍摄到的。他的教养（更不用说在事情正在发生的情况下拍到一幅连贯的图像，在技术上也做不到）使他无法拍下父母让小孩在敞开的棺材前摆姿拍照的情形，或者像前一天那样，拍下一群富家小姐在吊着示众的尸体下野餐的照片。她们的笑声确实让他感到不适，就像任何住在纽约排屋里的人看到报纸上的照片时一样的感觉。

此后许多年，这张照片代表了埃德加·塞尔顿在历史上的全部利用价值。一张张这样的照片在北卡罗来纳州、田纳西州东部以及弗吉尼亚州西南部的一些地方以十五美分的价格出售。直到二十世纪初，这些照片一直很畅销。当时照片背面印有歹徒事迹的简要介绍，使这些照片的销量出现短暂的小幅上升，不过很快它们就被其他死亡画面所取代：法国战场上蜿蜒的漫长战壕里死去的士兵，银行劫匪逃跑时驾驶的被打成透光筛子的汽车残骸，还有被肢解的几位电影明星的尸体解剖照片。

***

图片背面的摘要如下：

印第安匪徒在罗伯逊县与南方军的交火中杀死了四名军官！两名征兵官员在达勒姆[①]被杀，西弗吉尼亚州边境七人死亡。

楠西蒙县大屠杀：印第安人塞尔顿小队将荣归的一群英雄士兵全部杀害！

这里躺着的是死去的匪徒，他们在与英勇的执法人员枪战中丧生。

---

① 北卡罗来纳州城市。

在佛兰西布罗德河上他所沐浴的地方，就在他伤痕累累的肩上粘着一团可笑的肥皂泡，赤身裸体从齐腰深的冰冷河水里起身时，就在他被河岸上一队人枪击十四次之前的瞬间，埃德加想起了乔治。他深深地呼吸着自由的空气，确信自己在这个贫瘠冷漠的世界上至少做了一件好事，他带着这种确信迎向死亡。在接下来的几年里，只有少数几个治安队员愿意谈论这一事件。其中一个叫汉克·杰瑟普的人发誓说，埃德加·塞尔顿的鬼魂一直会来探望他，直到他生命的最后时光。那段时间他在田纳西州塞维尔县的仙境酒店做迎宾员和志愿者，每当那个年轻人脸上临终时的微笑忽然出现在他面前，他都会不寒而栗。

***

“我得告诉您，塞尔顿先生，没有多少人来这里寻找答案。”乔治吃完早餐，把盘子放在一边时，洛蒂对他说。

他停顿了一下，感觉自己连该找答案的问题本身都不清楚。“我只是想我可以到这里来，去想起一些事情。”他说道。

“您知道应该去哪里找吗？”

“我记得一点。但那是很久以前的事了。我甚至不知道这点回忆现在有没有用。”他笑着说。

“这难道不是取决于您希望找到什么吗？”

“当然，”他说道，“但这些话你在一个老人家面前可不能说啊。”

“得了吧，”洛蒂装出一副冒犯的样子说，“别把我当外人。您都来到这里了，这说明我们很可能是亲戚。这里的大多数人都有这样那样的亲缘关系。谁知道呢，也许我妈知道些什么。每个人的事情她多少都会掺和一些。”

“嗯，是这样的，”乔治说，“我是一个弃儿。据我所知，很久以来我一直没有什么血缘关系的亲人。”

“假设我们是失散多年的表亲，总能找点线索，对吧？也许我们能帮上忙。”

“好吧，”乔治开始说道，在他的座位上动了动，“我想找兰伯河边一片柏树林里的一间小木屋。我小时候曾和养大我的女人一起住在那里。我不知道去那里该怎么走，但我想不会太远。”

“听起来像这附近的很多地方，”洛蒂说，“但好歹是个线索。”

乔治接着说：“你还太年轻，不谙世事。我不是在倚老卖老，但当你到了我这个年龄，你会看到你的生命开始慢慢消逝。我说的不是边缘，而是它的正中心。有时就像是你醒过来发现自己没有过去，与任何事情都没有联系，几乎就像是失忆症，只是你没有忘记自己的名字叫什么。你只是在适应一个变化太快而跟不上节奏的世界。所以我记得一些小事情，但我不知道为什么。我记得一些大事件，但也不知道为什么。大多数情况下，我什么都不记得。”

她伸手拿起他未吃完的吐司皮，但一言不发。

乔治双手交叉放在大腿上，看着那个女孩。“你看，我过去常看着运木头的司机们开车前往皮迪河①和海滨附近乔治敦②的木材厂。我记得我经常想着‘哪里都可以，只要不是这里’。总的来说，我得到了很好的照顾。但有一天我想，那就是我要去的地方。而这个女人，她对我视若己出，把我当成她的亲儿子……”

“但是？”洛蒂问。

“但我不是。现在听起来很傻，但那时我会发誓这是唯一重要的事情。所以有一天我把一些衣服装进一个小包里，步行朝河上游走，去看伐木表演，再也不回

① 美国北部和南部河流，注入大西洋。
② 南卡罗来纳州罗里纳沿海的一个小城。

头了。”

“她不想让您去。”

乔治在回答之前停顿了一下，交叉搓着他那双劳损的老手。“我没有问，没有说再见，就那么动身离开了。”

“我见识浅薄，塞尔顿先生，”洛蒂说，“但我相信您不是第一个说‘哪里都可以，只要不是这里’的人。我自己就是每天都说一次，我还知道我不会是最后一个这么说的人。”

乔治懊悔地笑了，陷入回忆之中。他们又一起静静坐了一会儿。其实离开的那天，在河岸消失在柏树林下的沼泽之中的时候，他从运木筏子上回望过。即使在正午，宽阔的黑水河面也笼罩在阴影中。木筏之上是蓝色苍穹，筏子向下游地势低洼的乡村漂去。河流两岸是一片片稻田，一直延伸到两边地平线上那起伏的绿色波涛。要不是有那些高脚的白色谷仓，以及那些谷仓里进进出出、戴着草帽弯腰劳作的人，乔治会觉得自己仿佛是在穿越一片未经探索的广阔草原。草原的那头，他想象应该是高墙耸入云天的大城市，但事实上，他只看到了更多的荒野。很快，他甚至连之前的家在哪里都说不清楚了。

第五章

鲍勃·里德在一八六二年六月的梅卡尼克斯维尔①战役中失去了右臂。那时他在弗吉尼亚州志愿龙骑兵团②服役还不到一年。他发现自己躺在河狸坝溪沼泽地里，与一名敌军士兵说着话。这名敌军士兵叫恩斯特·德拉姆斯，是个宾夕法尼亚人，他碰巧在鲍勃倒下不久后倒在鲍勃附近。鲍勃不记得到底发生了什么事，只记得在涉过齐腰高的溪水穿过草丛向联邦军防线跑去的过程中，在其间某处深深的泥泞中丢了一只鞋。他几个小时后醒来，以为自己被杀了。

因为一种奇怪的幻觉，他把幸存误认为是死亡。他睁开眼睛时，太阳还没下山。四周的世界嗡嗡作响，战壕之间的绿色草地上一棵树孤零零地竖立着，小溪的声音在他脑子的嗡鸣声中忽有忽无。他觉得自己似乎已经身处天堂，或者如果那不是天堂，那么这应该是他断气前得以看它一眼。他甚至可以看到自己的身体在几英尺

① 位于里士满附近的南北战争战场。
② 持龙骑枪（即短滑膛枪）的马上步兵。

外的地方，如果我们用物质世界中的距离来丈量的话。他想象自己在这个世界中死去，没有升天，但一定是正在离去，这一点他确信无疑。

事实上，鲍勃认为自己灵魂出窍的这种体验，只是他的意识试图将新信息融入自己对世界的理解时所产生的想法。这只他早就认定了之前与他的意识紧密结合的手臂，现实中已经不再是他身体的一部分了。他看到了自己的手，制服的袖子，指节和手腕上方形态独一无二的汗毛，所以他犯了一个错误。然后他以为，对此我们可以理解，因为手臂在几英尺远的地方，跟指向他的那些手指连在一起——在他后来的岁月里，有时他想起那个手势总觉得是一种指责——所以他觉得他身体的其他部分仍然是在草丛深处，在他看不见的地方。他觉得他的眼睛应该是从摇曳的黑麦丛里往外看，而不是向里看，是黑麦丛挡住了他制服肘部以外的任何部位。

他盯着丛生禾草乱蓬蓬的草丛中那个点看了一会儿，感觉开始恢复，虽然很慢。夜里他觉得恶心，呕吐了好一阵子，都吐到了自己的肩膀上。他发现自己移动困难，有一两次，他差点被呕吐物呛死。他发现呕吐也要用尽全力才行，这样那些酸性分泌物才不会再次灌入他的口鼻。他喉咙灼痛，口渴的感觉又回来了。太阳落在树林后面，天色黯淡起来，将风中飘来的附近农场烟囱的烟也掩盖住了。天黑之前，鲍勃觉得他分辨出了草叶上的图案、阴影中的斑点、一些湿漉漉的黑色露水。他听到了声音，有呻吟，还有一百万只苍蝇的嗡嗡声。

黑暗堆叠。夜晚有一张脸，它跪压着他的胸膛，它的沉重把他往泥泞深处推去。在它面前，他只感到恐惧，仿佛他的存在都成了这一状态的通道。认知的差异也消失了。他看到了自己出生前所处的地方，那里也是这般黑暗。那是彩色旋涡才能打破的虚空，如此浩瀚，以至毫无意义。那时他还没有无助地从那种虚空中旋转而出。

他直挺挺地坐着，一边呕吐着，从对虚空麻木的恐惧中回到了地球上一个纯粹而又无情的夏夜中。他的呼吸失去了控制，又浅又快。他试图从泥泞中爬起来，但最后还是脸朝下跌倒。世界变成痛苦。痛苦成了世界。他唱了一首无法翻唱的歌。

有个人开口说话了，声音离他很近，就在河床上方树林边凸起的地面上，在他那天下午倒下的地方。“朋友，”那个声音喊道，“朋友！你要死了吗？”

他试图抓住草丛里伸出的那只手，又精疲力竭地垂下头，低头看着右肩下血肉模糊的地方，号叫起来。“我的一只胳膊断在那边的草丛里，”鲍勃喊道，“我觉得我的腿也断了。”

鲍勃以后也永远搞不明白那些事件的确切顺序，是那些事件导致他躺在弗吉尼亚州梅卡尼克斯维尔郊外，在离家不到二十英里的一条被人遗忘的河溪绿草茵茵的河床上，与死神擦肩而过。他所记得的只是他蹚过小溪冲向敌人防线，之后一只脚就陷在泥里。几乎就在同一时刻，一名来自宾夕法尼亚州兰开斯特的十七岁少年扯动了他的三英寸口径火炮的拉绳，朝小溪发射了一枚重约八磅的炮弹，当时一队咆哮的叛军正冲过小溪，其中还包括切斯特菲尔德县的鲍勃·里德中士。在成功地将鞋子从泥泞中拉出来之后，他用右手将鞋子举高，结果炮弹把他的手臂从肘部和肩膀之间的某个地方炸断了。因为受了伤，他很难更精确地描述这个过程。接下来的几分钟里，在一群进攻而后撤退的疯狂男人和男孩踩踏下，他的双腿多处骨折。后来他再也没有看到那只鞋。

他等了几分钟，期待那个向他喊叫的声音回应他。他发现自己陷身的河泥竟是新砖的颜色，在月光下泛着特别的光泽。他用左手往右肩下丑陋的隆起处抹了些泥。他的手臂离得这么近，有点不可思议。他心里多少还是觉得它应该属于藏在草丛中的另一个人，而且这种念头一直挥之不去。

“你还在那儿吗?”他喊道。他知道他不是独自一人，因为这一小块草地上充满了各种痛苦的声音。呻吟、咕哝，还有平静认命的叹息。大多数的尖叫都逐渐减弱，是人就免不了声嘶力竭，这让鲍勃开始感到无比感激。很快，他听到头顶的山岗上传来部队离去的声音。命令都是生硬的吼叫。车轮滚过上面的岩石地面。树枝在黑暗中折断，啪啪作响。

那个声音又响起了。“听到那躁动了吗?那是我被抛弃的声音。”北方联邦军在撤退。

“你在那边还好吗?需要什么不?”最后一个问题让鲍勃感到羞愧，因为他忘记了死者和濒死者显然需要的东西，还因为他无法舒缓这个人显而易见的苦难。

鲍勃听到那人发出一种让人同情的声音，夹杂着诅咒、呻吟和笑声。“我被刺中了腹部，可能是中弹了。我说不准。伤口有该死的东西流出来，情况不妙。”那人叹了口气，“我的眼镜也碎了。”

鲍勃听到左边有两个人扭打的声音。应该是两个跌倒得太靠近彼此的人，而且无法释怀。一声痛苦的叫喊，一声胜利和解脱的大吼。天色似乎没有亮起来，仿佛太阳非常自觉，不把光线照射在一个如此明显属于黑夜的场景上。他心里希望至少有人能生起一堆火。

他们一致认为与其互相残杀，还不如聊聊天。“再说了，”那人说道，“我想不管怎样，我们都会很快死去。”他在短暂交谈中得知了这个人的名字，每次交谈只需要耗费彼此的几次呼吸。恩斯特·德拉姆斯是兰开斯特的一名屠夫，但他老家在汉堡。一八四二年，他的父母和兄弟姐妹死于一场烧毁了古城大部分区域的大火①。他七岁时来美国投奔专横自负的叔叔。对自己的出生地，他记得不多：一排朴素的浅银灰色路德派尖塔，在河口的沙洲和草地映衬下几乎呈紫色的埃尔贝河，还有先被他忘却而后在宾夕法尼亚州中部的丘陵和农场中又重新学习来的一门语言。

“鲍勃，能跟我说说你的趣事吗？”

“当然可以。”他说道。

“我老家那家报纸的老板想付给我三百美元让我去坐他的位置。也许他会让他们写些我的事迹。”鲍勃什么也没说。“我觉得这算不上什么趣事。”恩斯特说。

---

① 1842 年 5 月，德国汉堡发生特大火灾，大火持续燃烧了 4 天，摧毁了大部分的城市建筑。

夜幕渐渐远去。鲍勃时昏时醒。黎明前，他听到他前一天离开的火线上有一小队友军和担架兵涉水蹚过小溪。天气又开始热起来，没有下雨的迹象，空气很闷。他试图冲他们叫喊，但喉咙干得像被堵住一样。他听到他们在他周围闲聊。他们抬起几个呻吟的人，把他们带到队伍后面。他差点被一个跪在旁边泥地里的男孩踩到。那男孩用手指戳了戳他的脏脸。“该死！”男孩大叫，“这家伙还有气儿。”

鲍勃嘶哑地说：“水。”

“我们会马上把你安排好，先生，别担心。”他从水壶里往一块脏布上泼了一点水，润湿了鲍勃的嘴唇。两个人都觉得他快死了。男孩接着把水壶举到鲍勃的嘴边，给他喝了一点，然后在他旁边坐下来。担架兵似乎有不少工作要做。鲍勃突然想到这个男孩可能还不到二十岁。他脸上的尘土下还有些青春痘。那男孩翻着鲍勃的口袋。“我想你不需要这些了吧，先生，介意给我吗？”他问道。他从鲍勃的上衣口袋里拿出一张艾米丽的照片，在晨光中举起来说：“有点漂亮，我想，对我来说足够了。”他还拿走了鲍勃最后一点咖啡和艾米丽的一封信。几天后战事向东快速推进的时候，这个大字不识的男孩在战壕里拉完屎，用这封信擦了屁股。

担架兵终于来了。他们把他抬起来，他发出了非人的号叫，但似乎谁也没在意这叫声。他想让他们把他那只仍躺在草丛上的手上的戒指取下来，但发现自己痛得哭了。他们把他带走时，他看到清道夫们在扒窃死者的口袋。他找寻着恩斯特。有几个联邦军士兵躺在草地上，或已经死去或奄奄一息。鲍勃无法确定是哪一具身体拥有整晚陪他说话的声音，但他猜是几码外的山脚下他看到的那个人。他戴着脏兮兮的眼镜，看上去恍恍惚惚，但还活着。清道夫们先找到了他。他们从他的口袋里拿走了一些东西。发现鲍勃的那个男孩摘下恩斯特的破眼镜，戴在自己脸上。镜片上布满了血迹，裂缝涂成了细细的深红色线条。那个德国人无力地举起双臂。鲍勃在摇摇晃晃的担架上看着。不要，他对自己说，不要那样做！他想大声喊出来。男孩回头看了看快要掉下担架的鲍勃。“别他妈那样看着我。”他说道。晨光照得一切闪闪发亮。清道夫们轮流用枪托往恩斯特的脸上砸下去，撞击发出沉闷的砰砰声。他们欢呼喊叫，跳着自己的舞蹈。

七月是一个梦，是幻象和幻象的闪现。夏天大多数的时间，鲍勃身陷虚空的中央，尽管在钦博拉索山南部邦联军医院①一个通风良好的病房里醒来时，他对虚空的记忆微乎其微。弗吉尼亚州中部尘土飞扬的道路上，树叶在风中翩翩起舞，也许还有附近某条河流的声音，炎热不曾得到清风的垂怜。八月初，他连续清醒了两天，回忆起醒来时右手发痒，但他朝下看去，手依然不在，只有一节包着绷带裹着石膏的残臂。这真他妈的痒，不痒的时候，就是痛。有时晚上醒来，他发现自己双拳紧握。他会让左手放松，但那个幽灵拳头不会松开，而它的疼痛也僵住了，对大脑发出的指令无动于衷，成为一种新的折磨。

他记得看护们带来了一个在雪松山受伤的男孩。他们把他放在鲍勃对面的帆布床上。男孩两条腿被霰弹打残了。鲍勃想，这个男孩或多或少还有双腿，但他的双脚究竟在不在可不好说。他们在手术开始前给男孩吸了氯仿，这样就不会听到尖叫声。可是在接下来的二十分钟里，鲍勃听着外科医生将男孩的大腿骨截面刮成平坦规则的表面，以确保缝合后不会捅破皮肤。鲍勃希望他们让那个男孩喊叫，没有什么声音会比锉刀刮着那可怜孩子的骨头所发出的声响更可怕。

---

① 位于里士满，是世界上最大的军队医院之一。

鲍勃时而清醒时而昏迷，又是一连串的幻象。残臂开始发臭。鲍勃醒来又会再昏过去。到九月，疼痛几乎消失了。鲍勃再醒来时，发现大部分伤口已经愈合。很快他恢复到可以写信的程度。虽然医院离他在切斯特菲尔德县的家不到一天的车程，但他花了两周时间才收到回信。终于，艾米丽给他写信了：

亲爱的父亲，

您受伤了，我很难过。我想见您，但勒瓦洛伊先生说里士满太危险了。街上的妇女为了面包而暴动，杰克逊·沃德区的自由黑人告诉他们遇到每一个奴隶说，他们很快也将获得自由。简直是谎话连篇。人怎么能抹煞上帝自己所做的事呢？这是一场可怕的灾难，我为我们的人祈祷。初夏的时候，勒瓦洛伊先生常常来看我，有几个星期每天都来。我简直不敢相信您都离开这么久了。有一年多了吧？您穿灰色制服、戴法式军帽看起来很潇洒。我没想到您会离开这么久。六月以后，我的信就再也没有回音。我以为您死了，哭了好些天。勒瓦洛伊先生说，有时候战争不是一个人能承受的，就算您开小差了，也让我不要对您太苛求。

母亲又病了，奥瑞莉亚也是。她们被关在博韦种植园的一间病房里。勒瓦洛伊先生说远离疾病对我是最好的。这是我不能去探望您的另一个原因，尽管我希望很快能再见到您。他说这家医院有上千种不同的发烧症状。罗尔斯照看骡子，源源不断地挣着钱，但要减去勒瓦洛伊先生将他租给我们的租金。他很慷慨。

父亲，我很害怕世界正在分崩离析。甚至连冠军都没有再扯着狗绳在梧桐树下吠叫。有些晚上，我会做噩梦。虽然现在才是九月，秋天的第一波寒潮已经来了。明天勒瓦洛伊先生要派罗尔斯给我送一考得①木柴。我去看望了病室里的母亲，但只能在门外和她说话。她的声音很虚弱。我真为她担心。这场可怕的战争结束后，我们会怎么样？我非常希望一切回到以前的样子。您觉得会吗？勒瓦洛伊先生让我使用他的监工的房子，这样我就不会那么孤独了。他说孤独和烦恼不该兼而有之。那个监工在“七棵松”那里被杀，所以他的房子现在没人住了。母亲和奥瑞莉亚康复之后，勒瓦洛伊先生说

---

① 1考得等于128立方英尺，木柴堆一般宽4英尺、高4英尺、长8英尺。

要让我住进大房子的一个房间里去。

您孝顺的孩子，艾米丽

再过几个星期，他就可以重新走路了。即使到了那时，他也需要一根拐杖和一个腿部支架的帮助，这个支架由至少一打部件组装而成。他每天下午做康复散步的时候，怜悯如影随形，让他开始感受到自己的残缺。教堂山人行道上的母亲们看到他，迅速把自己的孩子带得远远的。鲍勃走近时，就连厨房里的奴隶们都把视线移开。不过鲍勃从未意识到这是因为他们毕生的认识是：在上帝广阔的世界中，没有什么比一个自艾自怜的白人男性更危险的了。

一个女奴帮助他出行。鲍勃并不知道她是以非常低廉的价格租给医院的，为此院长还送给她的主人、博韦种植园的勒瓦洛伊先生一把镀银仪仗手枪以示感谢，手枪上刻着“主是我们的守护者”的字样。如果当时鲍勃意识到他和那个女孩有着奇怪的联系，他可能会更早地陷入妄想症，而这种妄想症在他回到切斯特菲尔德后终将把他压垮。

***

讷丝刚刚被指派照顾鲍勃康复时，都没跟他说过话。事实上，除非出于绝对必要，她极少说话。在“魔鬼的半英亩”里，她学会了一种超越语言的语言，一种她所受苦的土地还在海峡海底的时期就存在的语言，这种语言的词汇即使在无休止的推挤和分裂作用下也不曾改变过。在牢房里，她目睹过大地的撕裂、群山的形成和消失，以及之后的重新形成。上帝所造万物在持续衰败；动物、植物、矿物；地球的内部运动都浓缩到地表上的一个固定点，而她情有可原地被弄糊涂了，误将它认作是时间之外的一个地方。这个星球的躁动化作了对她的一句话，一遍遍地诉说，整整一年半的时间。牢房外的沃尔街上，无情的季节更迭流逝，通通凝成了一把声音，那是门吱吱作响的声音，靴子后跟踏在石头地板上的声音，一支蜡烛被高高举起移近漆黑的鞭刑室的声音。不，她已经学会了永恒的语言，如果可以，她不会再让白人强加给她的话玷污了自己的耳朵。

一八六二年夏天，一位名叫勒瓦洛伊的男子从伦普金以极低的价格买下了她。当时她已经好几个星期没吃东西。伦普金认为她很快会死去，所以当那个黑发男人开出一个合理价格时，他立刻就把她卖了。勒瓦洛伊先生没有说为什么要买她，只是说他从她的前主人那里听说了她的遭遇，所以他想跟她做一笔交易。“去医院工作一段时间，”他说，“然后我可以帮你做点什么作为回报。”她没有回答。“你宁可死在这里吗？”他问道。讷丝沉默着。“我总是尽量讲道理，”他说，“但有时你们这些黑鬼总也不明白，没有我的允许，你们想死都死不成。你们过去的一切和一切的将来，都是我的。”她不想去医院工作。她不想帮那些伤员回到战争中，如果他们获胜，这场战争将给她的同胞带来长久又深重的苦难。这种苦难比她在伦普金监狱的鞭刑室目睹的景象要深重得多。所有被拯救的希望都化为乌有。买下她之后的那个星期，勒瓦洛伊先生每天都来看她。她仍在监狱里，但她被转移到了一个简陋而干净的房间。她不再被带到鞭刑室。有时他白天来，问她是否回心转意。有时他晚上来，什么也没问。她不明白为什么这个男人本可以随心行事，却非得坚持要她同意。但她觉得要是同意了，就等于将她永远拿不回来的东西拱手相送。她想，也许这就是他最想要的东西。又是这样的三个晚上过去，她陷入了自己从不曾有过的深度麻木。下一次他走进房间时，她说话了：“我可以去医院。如果你别再来烦我，我就去。”

那年夏天，她乘马车来到钦博拉索，心中几近绝望。尽管希望很渺茫，但每天当她穿过临时帐篷，听着男人和男孩们嘶叫着，像去往屠宰场的脏猪，她的希望就会得到些许照料和滋养。她清楚地记得战争开始时的庆祝和欢送，那是在她被关进伦普金监狱几个月后。“魔鬼的半英亩”就在里士满的中心。事实上，它是里士满跳动的心脏中央。讷丝在那儿听到了时局的各种情况。广场上激昂的号角。她入狱后的第一个春天，喧闹的年轻人排着乱哄哄的队伍走过去，一队灰色制服像小溪缓缓流过，沿着主街蜿蜒流向码头。而现在，战争仅仅进行了一年多，他们就来到了这里，四千个人，一排排床位，屎尿都拉在身上，腐烂的四肢散发着臭味，毫无用处。许多人已经死了，有些人知道，有些人却不自知，就像门上没有一滴血的埃及的长子们①一样无助。

讷丝那年九月见到鲍勃·里德时只知道他的名字，但她无意中听到了医生们的谈话，听了那个男人发烧时的谵语，最终得出结论，他是罗尔斯和他的母亲的主人，他拥有罗尔斯所照看的骡子，还有罗尔斯逃离的那

① 出自《圣经·旧约·出埃及记》，“他在埃及击杀了所有的长子，在含的帐篷中击杀了他们强壮时生的头胎子”。为了让法老允许他的以色列奴隶离开埃及，上帝给埃及降了十灾，第十灾就是“击杀长子之灾”。上帝为了彰显神迹，嘱咐人们将羔羊的血抹在门上，信者则免去神的审判，而其他人的长子和牲畜的头胎均被击杀。

片土地。在她的女主人坠马而死之前，在她被投进伦普金监狱之前，罗尔斯经常穿过那片土地，跑到火炬松林里与她相会。第一天，她来到他的床边，用湿海绵给他擦脸。他经常陷入昏迷，神志不清。她想打听罗尔斯的情况，但因为怕突然惹上麻烦，她还是没有问。相反，当他跟她说话时，她暗示自己耳朵聋了，这样就不必回应他的咕哝了。就这样日复一日。那个人经常哭，不是因为疼痛，讷丝觉得不是，而是因为他明摆着的软弱性格。

讷丝每天早上九点来到鲍勃的床边，花二十分钟把支架固定在他的右腿上，这是他被踩踏得最厉害的腿。到了十月，他恢复了几分清醒，虽然伴随着某种愤恨，让讷丝有时心生恐惧，害怕他会随时伸手掐住她的喉咙。他盯着她，看着她拧紧螺丝，把腿支架的木片固定好，毫无表情的脸上那一双绿色的眼睛一直跟随着她。他在医院期间蓄了胡须，这使他残破的身体显得更加憔悴。她帮他梳了头发，又把他的腿从床边挪了下来，给他穿好衣服后，她把一根拐杖放进他的左手，使劲拉着他站了起来。

女孩把鲍勃抱起来时，他深吸了一口气。他试了试手杖的承载力，把整个人慢慢倚在手杖上，直到感觉手杖能承受住他余下的一百三十六磅体重。这种测试已经成为一种习惯，确切说是一种仪式。在他的前任陪护眼睁睁地看着他无助地倒在四十人病房里肮脏的地板上之后，他拒绝了她的照顾。那是一位来自弗卢万纳县的热情可爱的志愿者，他的摔倒也不是女孩的错，但是鲍勃因为开始觉得无地自容而憎恨她。她那长着雀斑的笑脸，她试图给予的真诚鼓励，对鲍勃来说似乎都是一种难以忍受的屈尊俯就。女孩苗条而青春的身体轮廓，在晨曦透过她血渍斑斑的衣服时若隐若现，这让他心烦意乱，虽然很难说鲍勃的贪恋是因为无处宣泄的欲望，还是因为他知道她的身体完好无缺。

有些早晨，鲍勃会对讷丝说："你在嘲笑我吗，姑娘?"她会害羞地笑笑，像听不明白似的，直到他把这个问题抛之脑后。一开始他们是绕着临时帐篷散步，直到他恢复了一些体力。十一月，他们开始拓宽路线，踩着鹅卵石路面上的一层黄叶，走过圣约翰教堂。护士还是得时常扶稳他。有一天，鲍勃沮丧地看着她，因为自己处于一种奇怪的状态，他既需要她帮助自己直起身子，同时又看不起自己对她的依赖。"你在嘲笑我，姑娘。我看得出来。你和其他人一样可怜我。"

那一刻，护士非常高兴。因为这一次，她似乎得到了世界的允许，可以去说出真相，这种情况在她一生中极其罕见，她觉得几乎是不可能发生的。“不是的，里德先生，”她轻声说，“我不可怜你们。我不可怜你们任何人。我发誓我永远不会可怜你们。”

鲍勃盯着她看了一会儿，试图判断这是诚实还是无礼，第一次毫无怨愤地由着她扶稳了他。“我还以为你又聋又哑呢。”他就说了一句，“那好吧，我们继续走吧。”

那天郊外的山上空气很冷。云染黑了天空。截肢手术帐篷里病人的尖叫声几不可闻，但还是传到了他们的耳朵里。开始下雨了，讷丝领着鲍勃回病房，他们经过了一堆被丢弃的四肢，有腿和手臂，大概有一百多条，其中一些还是血淋淋的。脚趾在泥泞中木然地指向天空。整一堆残肢呈安息角状态①。如果不受干扰，它可能会像纪念碑一样矗立在那里，直至经历十万个夏天，骨头被阳光晒得发白，直至变成地壳沉积物中质感粗糙的白色波纹，直至这整个地方再次沉入她有时在梦里畅游的海峡海底，被彻底遗忘。讷丝把鲍勃安置到床上，再次经过截肢帐篷回到自己的宿舍。极度痛苦，然后是

① 也称休止角，是斜面使置于其上的物体处于沿斜面下滑的临界状态时，与水平表面所成的最小角度。

安静，但从来不是寂静。不，这个地方很多年都不会寂静。一个男护工从帐篷里走出来，把一条腿扔到了残肢堆上。整堆残肢垮塌了。讷丝看着这个场面，摇了摇头。在这里，我是上帝的孩子，她心想。

冬天来临时，讷丝已经知道战争的结局了。晚上，一天的工作结束后，她会到东面的山坡上去，看着一队堆满尸体的灵车缓缓驶向奥克伍德公墓的暮色中。夜里呵气成霜，她把披肩紧裹在肩上，清点着死者。她知道一辆马车可以装多少人，她可以在马车离开医院时数一数，还可以计算出白天她照顾病人的时候有多少辆马车可能运过尸体。很快其他人过来与她聚在一起，有一两个可能是从厨房过来的。他们静静地站着，望着远处火把闪烁，掘墓人正在干活。

一位厨师问道："他们发现自己输了，你认为我们会怎么样?"这个问题把讷丝吓了一跳。她意识到她之前根本不让自己去想以后的事情。另一名男子向聚集的人群解释说，就在联邦军骑兵占领他的主人位于中部半岛的房子前几个小时，他被租借给了南部邦联军。他告诉他们，他最后一次见到主人时，主人和监工正把未被租借的奴隶赶进谷仓。他们认为有八个奴隶无法参与战事。附近波涛起伏的绿色烟草田里劳作的奴隶听到马特波尼舞曲响起时，两个出生于上个世纪的男子平静地将余下六人领进谷仓，一个五岁的女孩、尚未断奶的双胞胎男孩、两位模样年轻的老妇人，还有孩子们的母亲。其实厨师不解释后来的大火，大家也都明白，确实是燃起了大火。他的手被镣铐紧紧锁住，连举起手遮住眼睛都做不到，这是他当时唯一的愿望。于是他在松树下对着火光紧闭双眼，听着那一声枪响。

“自从我来这里以来，已经有五千人了。”她说。

“嗯。”那人咕哝着回答。

“就这么一个地方。想想看。很快就没有人可以战斗了。”

“我想知道的是多快算是快的。林肯说现在我们自由了，但如果我去跟主人说我要回到米德尔塞克斯的同胞之中，你知道会发生什么。”那人说。

讷丝当然知道。她也不在乎人们说什么，只知道新的话语有时是衡量事物的新标准。不，她关心的是人们干了什么。可悲的是，他们所做的只是多数时间都在交谈。但现在，扬基佬杀了很多南军士兵。那就是干事情。护士看到掘墓人的火把跃动着，越来越近。葬礼暂时结束了。这群人沿着小路艰难跋涉，返回钦博拉索山的东坡，回到各自的宿舍。

“总有一天我会加入大迪斯默尔沼泽自由人的行列，”那人平静地说，“总有一天，我会找到那些岛屿，像上帝希望的那样生活。”

讷丝揉了揉腹部。这件事是无法否认的，已经很长一段时间了。很快，不管她的衣服有多厚重，都会显怀的。她想知道，在“魔鬼的半英亩”的那个房间里，跟勒瓦洛伊在一起的日子，会孕育出什么样受诅咒的生命。她不再麻木。小家伙开始踢了起来。但她心里的悲伤并没有变成欢乐。也许有一天她的心门会打开，就算缝隙不够宽，无法让快乐进入，但或许可以透进些许光来。她不能确定，但希望如此。那天晚上，她又梦到了时间之外的那个地方，她飘浮在帆布和隔板组成的病房之间的狭窄通道上。一切都是空的。土地干燥，阳光和煦。

帐篷已经卷起，舒畅的清风吹过帆布，帆布现在干净了，没有了血迹和污垢。整个世界都弥漫着苹果酒醋和被狠狠擦洗过一遍的味道。她在一个小帐篷里找到了最后几位病人，并握着他们的手走向一辆等候的灵车。他们的坟墓也在等着他们。他们躺在浅浅的墓穴里，面无表情，她拿起一把闪闪发光的铲子，铲着土往他们身上盖去。从波托马克河畔的威斯特摩兰到格洛丽塔山口[1]，从塔拉霍马到亚拉巴马州的莫比尔，所有穿灰军装的人都死了。她内心有一种终局感和永恒感。在梦里，她感谢上帝赐予了她生命。第二天，鲍勃问了她好几次，为什么她总在不住地微笑。她没有回答，也没有停止微笑。

① 均为南北战争时期著名战役的发生地点。

第六章

接近中午的时候，在他们的谈话结束之后不久，乔治在餐厅的卡座里睡着了。他的头靠着阳光明媚的窗户，枕着洛蒂买来的一堆折叠围裙上，开始打着鼾。早些时候，他曾开玩笑说这位姑娘不谙世事，但他知道她已经够大了，也有自己的经历可以分享。如果没有，那也不意味着她太年轻而看不懂未来。虽然他来到这里，并不是想在去世的时候成为别人的负担，但要真到了那个地步，他肯定明白后果其实往往事与愿违。

洛蒂觉得这个男人睡得很安详，她开始对他产生一种莫名的亲切感，年轻人对老年人的这种亲切感其实很常见。虽然他看上去并不虚弱，但她觉得有必要问问她的母亲，他打盹的时候，他们是否应该去请个医生来看看他。

“他在跟上帝清账呢，洛蒂，”她母亲说，“但这并不意味着账一定要今天还。”

洛蒂没有回答，但继续好奇又关切地看着老人。“那您觉得他有什么不对劲吗？”她问道。

她的母亲只是用一只手捧着洛蒂乌黑无瑕的脸颊说：“肯定有，亲爱的。和其他人一样。”然后就转过身去了。

洛蒂靠在窗玻璃上，让接近正午的阳光温暖着自己的后背和肩胛。她双腿交叉，双脚悬垂在卡座边缘，点燃了左手夹着的香烟。她将右手伸过桌面，朝塞尔顿先生伸去，但没有去碰他，只是想着如果有什么重要事情发生的话，自己能够离他更近些。她把他的书合上，把手放在残旧的封面上。

乔治睡着了，餐馆又陷入日常的安静之中。大多数日子里，晚餐高峰可能也就是两个拐错了弯停下来问路的客人。厨师们坐在倒放的牛奶箱上聊天，一阵热风吹开那扇破门时，说话声才传到她们耳中。门铃于是会叮当作响，洛蒂和她母亲会转过身去，看到门在微风拂过后又关上了。

“您不认为我们应该帮助他吗？”洛蒂说。

“少管闲事，小姐。”她母亲回答。

洛蒂调皮地朝她笑了笑。“在所有人中，最不该说这话的……”

“拉倒吧，”她母亲看着睡着的男人继续说，“他可没向我们求助。再说了，你打算怎么做，把他扛在肩上？你不知道他想去哪里，就算知道，你也没法去。你想知道我是怎么想的吗？”

“不管我想不想知道，我打赌您都会告诉我的。”洛蒂说。

她母亲冲她摆了摆手指，说道：“你只是觉得无聊，想早点下班。你以为我不了解自己的女儿？”

“我知道，我知道，”洛蒂故作郑重其事地说，“没有我，您怎么应对这些顾客？”

她母亲交叉双臂，关切地看着她。“你对很多事情太过信任了，洛蒂。世界不会一直用爱回报你。”洛蒂正想反驳，但她母亲继续说：“你去吧。我回头得接你爸爸下班，但几个钟头后我会把车开回家。如果你不在外面待得太晚，就可以把车开走，不要离家太远，这样做没什么好处。”

不多时，乔治醒了过来，洛蒂的手还放在他身旁，她的香烟烟雾让他想起了壁炉里的火，他打了个哈欠，冲她笑了笑。

无论他想在这里找到什么，洛蒂想，不找到它，他是不会回弗吉尼亚去的。找不找到无所谓，但是要在这里找。洛蒂把自己在乔治打盹时产生的念头告诉了他。她对如何着手有了隐约的想法。洛蒂知道沿河的几个地方，那里的沼泽深处仍有旧木屋。她告诉乔治，他们可以向东驶向兰伯顿，看看那里是否有符合他记忆的东西。

对洛蒂来说，现在日子充满了可能性。当他们离开餐厅，站在停车场上时，她兴奋地说："您想看电影吗？有一部电影我已经看过两次了，但我不介意再看一次。"乔治看出了她的渴望，于是说："当然。我都不记得上次去看电影是什么时候了。"

他们朝镇上走去，大约三点左右，在幕布升起前几分钟进入了剧院，缓缓走上标有"克洛坦"字样的楼梯。速度很慢，所以他们坐下来时，乔治只是稍稍有些气喘。他们坐在楼座上，远端挂着幕布的拴绳。电影演的是《原野奇侠》①，乔治清楚地看到洛蒂坐在座位上兴奋极了。

放映机发出的第一道亮光，银灰和舞动的黑色，开场的新闻短片开始了，一个声音描述着一个轰炸机机群在空中盘旋的景象。如果有必要，他们会把道路作为跑道，乔治认出了片里描绘的一个场景。是鸟瞰的角度，可能是从这些巨大的飞行兽的腹部拍摄的，穿过杰

① 1953年4月23日上映，西部牛仔片的代表作，讲述牛仔肖恩帮助斯塔雷特一家及自耕农们击退当地恶徒的故事。

克逊·沃德街区的那种洞穴般的裂缝又出现了。在他看来，这就是里士满本身的一道伤口，一个如此巨大的洞，简直就是个无底洞。拍摄角度变了，一个人站在街区的废墟前，一只手挥扫过去，好像毁灭的范围需要用手势来注解。然而当工作人员和设备消失在视线以外，落入看不见的深处去对付那些基岩时，记者的声音里只有成功的喜悦。

他不知道影片是什么时候拍的，但多年来他一直视为家园的街区的改造范围和规模是无法逆转的。他突然想到，在逐步推进的电影镜头里，还有记者充满热情的自信声音中，即使是他平淡乏味的生活中的地标建筑，也几乎无法辨认了。有那么片刻，他突然觉得所有这些拆除工作可能都发生在另一个里士满，另一个南方，在还未绘入地图的世界的另一端。如果他原路返回，请女孩把他带到回费耶特维尔的灰狗①长途汽车上，再坐上火车向北驶向弗吉尼亚州，驶过流入大海湾②的千江万河，他会发现自己的家一点也没有变。莱昂娜还是那么高挑，黝黑又美丽，在他停下他那辆林肯和风、用摩托罗拉收音机播放她喜欢的歌曲时，她还对他微笑着，没

---

① 美国最著名的全国性长途汽车公司，在美国各地都有班车服务。
② 指弗吉尼亚州的切萨皮克湾，美国面积最大的海湾。

有怨恨，也没有后悔他们没有孩子。那个街区还是那么忙碌喧嚣，是一个人气满满的地方该有的样子。但是不行，他心想，我又再次背井离乡了。正如亨利·利维所说的，像大海一样深的伤口。在记者身后，他看到一所房子，看起来很像他和妻子一起住过的那座。他把妻子安葬在奥克伍德公墓后，这座房子变得孤零零的，最后在被拆毁前几个小时成了一座弃屋。当年他在社区的圣卢克小额储蓄银行申请抵押贷款，买下这座房子，整整一个星期都不曾合眼，一直从窗帘后面盯着窗外，等待着有人把房子夺走。终于，经过这么多年后，他们来了。在影片中，一名男子出现在房屋的大门口。他站在门廊上，在大裂缝上探出身。他穿着一套白色西装，很可能不想被摄像机拍到，但还是被拍到了。乔治想知道他们在屋里如何到处乱翻，工人们从他家都捡到了什么，是不是对他而言弥足珍贵的东西都被不以为然地随意处理掉了，也许是他衣橱里最小的衣架上挂着的一件没有穿过的婴儿洗礼长袍，或他已故妻子的一张偷拍照。他当然知道答案。在某些地方，在某些时候，公共生活和私人生活是不允许有区别的，几乎就跟在街上裸奔一样。虽然他不知道这种暴露的程度有多大，但他认为怎么也不能称之为仁慈。

一些人已经获得了房屋补偿款，尽管金额与市场价相去甚远，极其荒唐。对于他的邻居来说，一份征用声明加剧了他们的无力感。接下来的几个月里，他们看着卡车将房屋的残骸从建筑工地的豁口沿杰夫戴维斯公路运到垃圾填埋场。所有的这一切，都是从他们在建筑工地北边的吉尔平宫新分配的公寓的窗户边看到的。这些公寓建筑质量低劣，很快就被人遗忘。他们会舍弃这些公寓，以免自己想起旧秩序并没有改变。

虽然没有看过这出电影，也没有听说过多少关于电影的事，但乔治知道电影里的故事，只是不知道杰克·帕兰斯演这个反派，戏路显然有了很大改变。他之所以知道这个故事，是因为他听说过这种故事只有两种套路：一种是英雄踏上旅途，另一种是陌生人来到了城里。他微笑着，洛蒂低头看着他，他在座位上动了一动，摆出更专注的姿势，这样她就不会把他的情绪误认为是看不起她所选择的影片。笑容浮现在他脸上，是因为他突然想到也许真的只有一种套路：假设这位英雄在旅途中以一个陌生人的身份出现在你的镇上？

电影结束后，天上开始飘雨。他们站在入口处的雨棚下等着，希望暴风雨会过去，这样他们才能叫到车。乔治感到自己有点气喘，尽管这是一场夏天的暴雨，他还是本能地把薄夹克的领子拉得紧紧的。洛蒂在人行道上展开了表演，她双手比画成手枪的样子，对着眼前的一切开火，一看就是一个只在电影里见过枪击的人会有的举动。洛蒂滔滔不绝地说骑在马背上的艾伦·拉德，他的持枪技艺，还有那个男孩大声喊着要他回来的一幕。但乔治认为他扮演的角色要为其中所有人的结局负责，这个角色有一种妄想的天性。不管怎么说，尽管他同意拉德某些场景的表演跟洛蒂说的一样好，但他也很失望，因为乔治总感觉拉德很怕马。他很肯定枪声一响，他都能看到他在退缩躲避。

帕兰斯的表演是他真正欣赏的。演得很真实。如果有人说墙上挂着的步枪就是一个悬念，那人一定是欧洲人。就像在美国不存在这把枪会不会开火的问题。一旦越界，枪声就响了。很久以前，当我们赤身裸体，漫步在热带草原上，睡在猴面包树下的时候，这界限就被越过了。剩下的问题只是从枪套里取出枪需要多长时间，子弹击中目标又需要多长时间。也许是几天、几周或几个月，也许需要一辈子。但这些都是距离和轨迹、时间和物理的问题，而不是可能性的问题。乔治认为帕兰斯是一个天赋异禀的演员，因为他那双烦躁的黑色眼睛告诉了我们每个故事的核心真相，那就是，暴力是亲密的原始形态，以前一直如此，以后也将永远如此。

***

乔治自己从来不带枪。有时在突如其来、无法抑制的愤怒中，他希望自己手上有枪。但要成为他所生活的地方和时代中的那个人，这种期待是很难实现的。拿起一把手枪，拿在一只看起来与他的手相似的手里，其实可以说，他还不如自己拿枪顶着自己的脑袋呢，省去中间人的麻烦。因此，即使比现在这个坐在剧院里看着艾伦·拉德杀死整部该死的电影中唯一诚实的人的他，当年那个他更强壮勇武，那时自卫的武器也只是一把带麋鹿鹿角刀柄的精致匕首。他从未用它做过那种事情，尽管他随时准备在需要时这样做。他对殉道或是逆来顺受都不感兴趣，他珍视自己的性命甚于安宁，但这并不是说乔治认为但凡生命都是宝贵的，就算他真这么想，也不能就说明他对生命有独一无二的感悟力。在这方面他并非与众不同。他只确信他的生命应该属于他。他很乐意让其他人来决定它的价值，如果他们有能力承担从他手中夺走它的代价，从他那双手中夺走它，而那双手适合挥舞匕首，把大自然花了一百年甚至更长时间才培育出来的东西干掉。那是世界向他开出的条件，所以他尽最大努力保持着收支平衡。与其担心不可知的代价，不如担心辛勤工作一天可能得到的报酬。

哈金斯去世后，他就永远离开了大迪斯默尔沼泽，那时匕首就塞在他工装裤的后裤兜里。他当时没有意识到，比起多年后人生将尽时独自来到彭布罗克时所希望的，那时的他更像是在原路返回。在很多年前的一个二月末，他南行又折向东来到了外滩群岛。他首先乘坐一艘满载木材的驳船，到达位于北卡罗来纳州边界另一边的南米尔斯镇沼泽运河的终点，然后沿着土路走了两天两夜，路边覆盖着春天沿海平原疯狂生长的植物。当他到达卡姆登市[1]政府大楼时，虽然还没有看见海，他却闻到了冬天海水的味道。黄昏时分，帕斯阔坦克河流过一排浸在水中的树木，汇入大海的涛声中。河西岸伊丽莎白市[2]的灯光激起了他一种莫名的感觉。不是怀旧，不是伤感，也不是渴望，但其中有些许忧郁，尽管乔治承认他的许多情绪就是源自于此。虽然过去确实影响着他，但他从未去过伊丽莎白城，所以这不是一个让他怀念或是他希望看到的地方。但奇怪的是，这种感觉也有些类似于满足感。他看着灯一盏盏熄灭，蜷缩在自己的

① 南卡罗来纳州中北部的城市。

② 北卡罗来纳州城市，1862 年南北战争伊丽莎白市战役的发生地。

外套里，紧挨着一堆即将熄灭的篝火的余烬，枕着风声浪声和浮标钟声酣然入梦。

早上，他把一袋哈金斯的遗物挎在肩上，去到码头，上了一艘驶向博迪岛①基蒂霍克村的船。匕首就放在一条橙色的扎染印花大手帕旁边，每当他停下来望着船外风声中摇曳的岸边海草，就会用手帕擦擦额头。包裹里有一样东西是一封写着哈金斯家人地址的信。他担心读信会冒犯到哈金斯，尽管他现在被埋在乔治永远离开的伐木营地附近的一块人工高地上，想反对也不行。

在那些日子里，每个地址都有各自不同的特殊性。邮差对目的地必须有一定的了解，而不能仅限于严格的系统化投递，以后的人们会自欺欺人地以为，一个名字加编号就是对一个地方的准确描述。乔治看了看信封，上面纤细褪色的字迹龙飞凤舞：从基蒂霍克向北走到卡罗拉，道格拉斯斯劳码头不靠海的那一侧再过去两栋房子，黄色的那座，但还没有到可以看得到灯塔的地方。上岸之后，乔治按这个指令走，去通知小伙子的家人，说他们的儿子哈金斯不会回来了，如果他带来的消息没让他自己也垮掉的话，也许他还可以安慰一下他们。

---

① 北卡罗来纳州外滩群岛北面岛屿，观光胜地。

他沿着大西洋的海边走了几英里，经过一个救援站和几家在冬天关门大吉的旅馆，然后停下来过夜。他不知道还得走多远，但他已经在沙滩上走了一整天，经常停下来看着外滩群岛上小野马①在被风吹拂的大米草②丛里吃草，在上涨的灰色潮水中疾驰。他睡在沙丘里，那里的沙带似乎最细，甚至不到一百码宽。夜幕降临，当连人类都无法估量的黑暗吞噬了大海与声音的浩瀚时，他感到一种不寻常的幽闭恐惧。然而，他很高兴能避开风，最后幽闭恐惧终于消散了，取而代之的是星星，还有波涛不住涌动的声音，这种声音让他感觉到世上每个人都与他无关，他觉得如果明天世上没有了人类，飞鸟走兽、天堂里的上帝、地狱里的魔鬼都不会怀念他们。适应这个想法需要一点时间，但他惊讶地发现，这是一种非常令人欣慰的感觉。

第二天下午，他轻而易举地找到了那座房子。虽然比较费时，但地址是准确的。当他透过松树林看到灯塔的红砖尖顶时，他转过身来，确信自己就快到了。又搜寻了几分钟，他发现自己到了哈金斯家的前院。一只公

① 原文为 banker pony，一种野马，生活在北卡罗来纳州外滩群岛上，个子小，耐寒，性情温顺。

② 禾本科米草属，多年生直立草本植物，秆直立，高可达 120 厘米。

鸡在沙地上昂首阔步，他还看到房子后面有一个围栏，里面有两匹骏马在肆意奔跑。他敲了门，一个比乔治大不了多少的人开了门。这个人说起话来一副英格兰东北部的口音，这让乔治有点吃惊，因为哈金斯说话完全不带口音，他一定要费很大劲才做到。另一方面，他父亲的声音低沉得像沼泽中心，乔治一开始听不太懂，不过那人挥手示意他进门时，他还是照做了。那人说道："妈妈，有个伐木的来了，想跟我们谈谈。"他们围坐在桌旁。乔治透过窗户向外望去，目光落在灌木丛和香蒲的那头，那里如石头般沉寂，冬日阳光无法将灰色的天空和天空下的海面区分开来。他把他们儿子的遭遇告诉了他们，又对他们说，他是个优秀的年轻人，一个好工人。那个女人从桌边站起身来，朝后门走去。

"胡说。"她说。

"她不相信，"男人说，"对不起。"

"我告诉那孩子：'那是高潮涌到了不靠海的一侧。你在那里做不了什么。这里还有工作要做。有工作就是件好事。'但他觉得自己很特别。其实这话说了挺伤人，因为它在告诉别人他们并不特别。"

乔治想再说一次他很抱歉，但忍住了。他把背包放在桌子上，一件件地把哈金斯的东西拿了出来。里头有个笔记本，乔治认出里面的字迹跟那封未拆封的信件上一样。然后是那封信，哈金斯的父亲立即把信塞进了衬衫口袋里。还有一个小型浮木雕刻的拖网渔船，桅杆和起吊机上挂着钓鱼线，以示机械的精细度。他拿出男孩的衣服，有些尴尬，因为其中混杂着他自己的衣服。

这些物品最终摆上桌时，乔治觉得很震惊，这么短暂的生命留下了这么少的东西。但他默默地承认，要是他的话，东西会更少。

“就是这些了吧。”那人说。

“我想是的。”乔治说。

他们听到妈妈在小房子外哭泣。他们看着彼此，像是想说希望对方能对此做点什么。但是没有什么能比时间做得更好。父亲的脸色变了，他从椅子上站起来，去拿挂在门框旁边钉子上的外套。乔治以为这个人想要独处，但他错了，因为他感觉到的是这个人对独处的恐惧。

乔治跟着他走出去。他们走到院子的后面，几匹马在那里心烦意乱地跺着地。这些马个子不高，尾巴低垂，但肥硕健壮，跟乔治看到的沿着海岸奔跑的野马一样。那人把马套到一辆平板车上，然后拍了拍他旁边的座位，乔治坐到他身边。女人已经进屋去了，但在木车轮碾过岩石般坚硬的沙面的噪声中，他们仍然能听到她的哭泣声。

“妈妈会认为都是我害的。”他说。

这一天暖和了些。他们沿着海边向南行驶，太阳冲破云层，蓝绿色的光照亮了海面。

“说实话，”乔治说，“如果真有人害死了他，那就是我。不久前我得了重病，平常一般是我和小哈搭档干活，但那时我病了，卧床不起。如果我当时在现场，他可能会听我的话，或者做些什么，或者不去做另外的事情。我不知道。”

“那不是妈妈想听的。我告诉你，这件事她会跟我没完，但如果由着她，只会让她更难过。我们家儿子不是干大事的人，但妈妈说我老是念叨，说我对他很失望，说我让儿子觉得我们老想左右他。”

乔治没有回答。但他都明白。

“所以，如果他的离开、留下或不回来都是我的错，那我让着她一次也没关系。到头来都是裹在一个包裹里的结局。”

一个男人如此公开地谈论自己的生活似乎很不寻常，尤其是在南方。在那里，一个人不在现场，他的事则由别人来说，你反倒能很好地了解他。过去三四十年的变化对美国偏远地方的人来说是艰难的。这男人告诉他，他的家族一直干着拾荒的营生。在他父亲年轻时，这活计可以养活家人。他下山去到“开普岬角”[1]，马脖子上挂一盏灯笼，带着马在海滩上来回走动。黑暗中的光在水手们看来就像是海上的另一艘船。有时他们的船会在温布尔浅滩触礁。不久之后，墨西哥湾的洋流会把水手们送到海滩上，然后他的父亲就会把他的小艇推进水中，收集着大海不需要的东西。

“是浅滩干的。我知道你们这些伐木人会怎么想。但是你总不能吃沙子啊，而且那里的鱼也只有这么多，所以我们拿走了浅滩赠与我们的东西。”他停顿了一下。“我想人们总觉得自己需要超越自己的父亲。”

“确实如此。”乔治说。

但那些日子一去不复返了，尽管这个人很怀念那样的日子，但他还是不情愿地承认这是最好的安排。“水坑也可能会淹死人啊。大多数人总会适时独自到达那里，那时最好不要帮忙。”他请乔治留意看看海滩上有什么不属于它的东西。乔治回答说，就在前一天，他第一次看到了大海，他不太懂什么东西属于海滩，什么不

---

① 外滩群岛哈特拉斯岛上一片偏僻的海滩。

是。“没关系，”他说，“你看上了的东西，今年夏天来住旅馆的外乡人也会觉得不错的。”

回到家里，他们围坐在炉子旁，整理着捡来的物品。东西品种繁多，夏天的游客看了可能会相信他们是找到了黑胡子[①]沉船上被埋藏的宝藏。哈金斯先生也打算对他们这么说。

他们问乔治是否愿意在他们家住一阵子。他接受了。尽管他们很轻易就与他同住一屋，分享了他们的家，但他还是过了很久才愿意敞开心扉。原因显而易见，但也可能是因为他在这类事情上都比较谨慎。乔治可以接受感激、帮助和各种劳动，但感情方面比较木讷，鉴于他的身世，他更加难以敞开心扉。“他是个苦行僧，妈妈。”男人会说。乔治只是微笑着一言不发，他不知道为什么自己会觉得，把他们儿子意外死亡的痛苦消息告诉他们，现在变成是在还债。他那时并不知道，他们最大的善举是允许他偿还这笔债务，尽管他们当时很清楚乔治·塞尔顿对这个世界毫不亏欠。

---

① 16世纪到17世纪初臭名昭著的海盗，原名为爱德华·蒂奇，生于英国布理斯托尔。

第七章

一天深夜，鲍勃·里德眼睁睁地看着自己的生命飘浮在梅卡尼克斯维尔城外那条泥泞小河河面上的烟雾中，不久，罗尔斯回到了博韦种植园，走进了书房。他发现勒瓦洛伊手里拿着一根点燃的烟斗，一支蜡烛照亮了一份一周前的北方报纸。他的主人从那份报纸上抬起头看着他。“有什么事？”他问道。

“我认为里德先生的生意快垮了，他又不在这里，什么也做不了。”

“嗯，”勒瓦洛伊咬了一会儿烟斗的末端，然后用右手食指和中指的指背弹了弹报纸，“这里说英国人吞并了非洲的一个岛屿。法国已经吞并了东方国家的三个地区。你对此有何感想？”

“我说不上。”

“他们对于自由夸夸其谈，一副道貌岸然的样子。人之所以回到丛林，从来都不是无缘无故的。”

“我想您是对的，先生。”

“里德怎么了？”

“几乎没什么货物可以运到码头。”

勒瓦洛伊站了起来，伸了伸懒腰，走到壁炉架上方的一面镜子前。“几乎没什么货物，”他平静地重复道，“你知道个中原因吗？”

“不知道。只知道事实就是如此。”

“好吧，别发愁了。”勒瓦洛伊看到镜子里的罗尔斯正盯着他起身的那把椅子对面的扶手椅。椅子之间放着一张大理石小桌和一瓶白兰地。在镜子光线反射不到的黑暗中，他俯视着罗尔斯以意料之中的节奏将重心从一只脚转移到另一只脚，这是他一感到不自在就有的习惯动作。他想到了那个无知的大豆贩子，当时他试图毁掉这样一笔宝贵的资产。但他后来又想起他真的欠了罗尔斯的前主人一笔债，勒瓦洛伊想起自己得到的很多东西，都是源自别人无法在意料不到的地方发现那些东西的价值，或者因为他们无法意识到欲望不同于痛苦，只要太阳高挂天心，任何人，无论是黑人还是白人，都抗拒不了它。他在镜子里看到罗尔斯微微做了个鬼脸，然后那个表情又迅速轻易地变成了狡黠的微笑。他几乎要为那个小伙子感到难过了，但还是没有。勒瓦洛伊很少赠送礼物，而且从来都是经过深思熟虑的。“坐下来和我说说话，像个自由人那样。”他说，眼睛一直盯着镜子银色的波纹图案。

罗尔斯向椅子走去，然后停顿了一会儿，好让勒瓦洛伊察觉到。勒瓦洛伊微笑着回到椅子上，倒了两杯酒，示意罗尔斯继续说下去。

“以前人们只能用窄轨把货物运到码头上去。您也知道，那是多年以前的事了。现在没人需要走那么远才能装货。一旦装上货，新线路可以把货运得更远，而且花费更少。之前很长一段时间里，人们都在抱怨新铁路线、成本等等，也一直念叨他们多么喜欢原来的方式。”

“我明白了。”他说道，又给罗尔斯倒了一杯酒。这一杯罗尔斯还是像第一杯一样一饮而尽。“慢慢就变了。”勒瓦洛伊说。

罗尔斯说：“没人再抱怨旧的生活方式了。”

“新方式也变成了旧方式，”勒瓦洛伊说，“似乎除了我，没有人注意到。”

勒瓦洛伊把玻璃杯放在桌面上，几乎是跑着到了一张书桌前，桌子上方挂着一幅镶着镜框的墨卡托地图①。罗尔斯没有立即认出它所描绘的是什么，因为他从来没有见过一张涵盖整个地球的地图。他在昏暗的

① 荷兰地图学家墨卡托于1569年创拟的地图投影方法，墨卡托投影是正轴等角圆柱投影。

光线下听着钢笔划过纸面的声音，又给自己倒了一杯酒。片刻之后，勒瓦洛伊站到罗尔斯身旁。壁炉昏暗的火光和噼啪作响的蜡烛使藏书室只剩下几样基本元素还能分辨得出：房间、两个人、桌子和椅子，所有这些都落入相互较量的阴影的深渊中。罗尔斯觉得头晕，身上暖暖的，还有点恶心。勒瓦洛伊递给他一个信封。“明天把这个带到我的银行去。回来顺路把律师给我找来。”他又给罗尔斯倒了一杯酒。“你是一个好帮手，罗尔斯。我第一次在那块地里看到你的时候，就知道了。”

罗尔斯觉得好像自己所有的烦恼都结束了。在一个不再复杂的世界里，白兰地在他的血管里流淌。他记不起疼痛或心痛的感觉，不再像往常那样想念讷丝。“我不明白，勒瓦洛伊先生。”他的舌头开始打结。

勒瓦洛伊笑了。“只要你愿意看到，人们就可以很好地为你指明正确路线。”

罗尔斯的眼睛颤动着，他很快就会睡着了。第二天早上，他会忘了说这将是艰难的一天，而明天更加难熬。但全世界都会替他记得去说这个话。“先生？”他喃喃地说。

“我一直在寻找一个预兆，罗尔斯。我在等待。我不知道该怎么做，但你已经告诉我了。所以我现在必须从另一个人身上卸下他所不能承受的重担。”勒瓦洛伊说。

他从楼下的另一个房间拿来了一床被子，盖在罗尔斯身上。勒瓦洛伊偶尔会允许人们将这样的举动误认为是善意。他希望罗尔斯会因为他的这些举动而爱上他。但他并不信善。他信仰的是实现命数。很少有人能看清这个世界和世界上每一个被除掉了荒谬的野心的人，他恰好就能看清。他左右摇晃着脑袋，感觉骨头依次咔咔作响。我是一台庞大机器的一个机械装置，他想。我为那些无法为自己效劳的人服务。

***

第二天，罗尔斯在宿醉之中摇摇晃晃地从博韦种植园的游廊走过，走进明媚的阳光下。当时没有里德的任何消息，罗尔斯同意他主人的看法，觉得里德很可能已经死了。战争愈演愈烈，杀戮也随之升级。如今大多数的夜晚，罗尔斯都要枕着北面和东面的炮声入睡。每天早上他醒来还是会听到炮声，而且比前一天晚上更近。那些以外就不是他该质疑的了。罗尔斯听到律师告诉勒瓦洛伊，一切都会像他希望的那样得到解决，这只是个时间问题。而对着罗尔斯，他的主人只是说注定的事情没理由还需要等待，然后就给他下了命令。

他把器械都拿好，赶着骡车，一队人在骡车上颠簸往里德家去，骡车在深深的车辙中蜿蜒行进。他们经过监工的房子时，罗尔斯放慢了速度。看到艾米丽站在门廊上看着他们朝大路走来时，他摘下了帽子。她仔细地打量着他们，罗尔斯不禁冲她喊了起来："勒瓦洛伊先生手上有事情要处理，让我们来整理一下房子。"

艾米丽走下台阶，走到车道上。她母亲生病后，她搬进了监工的房子，除了勒瓦洛伊先生偶尔来看望她之外，她一直都是孤身一人。艾米丽已经喜欢上了独处和自给自足，而且开始习惯。虽然她时不时会想要有人陪伴，但不管是勒瓦洛伊先生给她送来白玫瑰花束，还是坐在客厅里看着罗尔斯料理家务，她都会暗自觉得这些是在入侵她为自己建造的世界。

"好吧，你必须照他说的去做。"艾米丽说。当车被赶到她几乎看不见的地方时，罗尔斯转身望向监工的房子，看到艾米丽仍然待在车道边上的同一位置，还在看着。她的平静让他不寒而栗。他回忆起他们小时候她常玩的游戏，他站在栅栏木桩上，猎鸟犬在下面转圈，小艾米丽一边大笑，一边大声发号施令。罗尔斯觉得危险是没有边界的，她现在变得高傲而疏远。虽然他从未想过艾米丽的出现是一件值得庆祝的事情，但现在他发现这个女孩消沉自闭的程度之深更令人担忧。罗尔斯觉得她再也不会玩小时候的那个游戏了，但他开始担心会有一个更糟糕的游戏取而代之。他那双鹿皮靴的鞋底牢牢踩住板车车面。有那么一会儿，他感觉到了一种宁静。不是安全，完全不是，而是发现自己处在一场溢出博韦种植园边界的风暴平静中心的那种感觉。女孩脸上的表情让他感到疑惑。很快她会让他站在什么样的栅栏木桩上呢？

一天结束时，他和其他人已经把里德家的护墙板都拆了下来。晚上，他们去了谷仓和骡厩，拿走那里的好松木。到了第五天，他们就把整个地方夷为平地了。罗尔斯为大部分废料找到了买家，他把东西都卖了个好价钱。勒瓦洛伊让他把买卖收入的百分之十留起来，他说这叫“未雨绸缪”，尽管罗尔斯没觉得南方联盟国发行的货币有多靠得住。日落时分，他们头顶的天空一片粉红，勒瓦洛伊审视着他们这一周的工作成果。“要像从未存在过一样，罗尔斯。”勒瓦洛伊说。他不希望让别人的过去侵扰他的未来。“你们觉得呢，小伙子们？”他问他的手下。他们点点头，尽管当中无人理解为什么一个人愿意花钱把一座非常好的房子拆了，然后当废品卖掉。这白人佬疯了，他们中有些人肯定这么想。他们甚至还在空地上撒下种子，覆盖房子的印记。然而，他们对这条鹅卵石路却无能为力，这条路哪儿也不通，只通向松树林里的一块空草地和一棵梧桐树周围的一圈地。

***

一八六三年四月的第二天，讷丝在钦博拉索医院的截肢帐篷里生下了乔治。从前一天晚上开始，她就疼得直不起身子。外科医生们径自做着手头上的工作，任由她躺在血淋淋的地板上呻吟。锯子在骨头上倒腾的声音，探针、手指或是镊子在一位年轻人胳膊或大腿肉里挖着米涅子弹[①]的声音，那创口开得像矿井入口一样大。医生们和助手们发出指令，坚定又安静地做出回答。一条胳膊或腿“砰”的一声被扔到木地板上，溅起一小片血。而讷丝则在帐篷的角落里无人理睬。她痛苦

① 1848年，法国军官克劳德·米涅（Claude Minié）发明的一种圆锥头子弹，士兵们无需在推弹杆和木槌的帮助下，就能很快地填装这种“米涅弹”。

地来回扭动，阵痛间隔越来越短，就像一只坏掉的节拍器。

但到了深夜，外科医生们离开了，其他一些护士来到她身边，那时宫缩已经变成了一种持续的灼痛。伤员和被截肢的人的声音又响了起来，乙醚和氯仿的效力已经消失很久了。乔治在许多痛苦声音的合唱中来到了这个世界，降生于这个房间。房间里只点着一支噼啪作响的蜡烛，微弱的烛光映照在帆布墙上。在那个房间里，讷丝静静地啜泣着。太阳穿过了东边的树梢，她怀中紧抱的那个孩子哇哇大哭，稚嫩的嗓音汇入合唱之中。那天下午，军需官办公室的一名士兵来看她。“在这里照顾不了婴儿，”他说，“我给你的主人捎了个口信，让他来接你们两个。”

鲍勃·里德听说了孩子出生的消息，在讷丝回到自己的帐篷后不久，他迈着机械的步伐慢慢走进了奴隶宿舍。他在去看她的路上遇到的那些人要么停下来一脸震惊地盯着他看，要么出于习惯转过身去。一个女人在讷丝和其他六个人共住的小帐篷前拍打着洗衣板上的一块布。“讷丝呢？”鲍勃问。

那女人没停下手上的活儿。“她在里面。”她说。

“那里头男人可以进去吗？”他问。

她耸耸肩说道："只有她和那个小家伙。"

鲍勃伸手去掀帐篷的帘子，但掀开之前又停住了手。他看着那个女人，而她则等着他似乎要说的话。但他只多看了她一会儿，就掀开帘子走了进去。讷丝睡着了，怀里的婴儿却醒着，眼睛一直滴溜溜地打量着帐篷昏暗的内部，落在门道上鲍勃背光的身影上。鲍勃在她旁边的婴儿床上坐下，把拐杖放在膝盖上，看着这个刚出生的娃娃。讷丝醒了过来，看着他，把怀中的孩子抱得更紧。

"你会怎么样？"鲍勃问。

"去主人家。"她回答道。

"那是哪里？"

"博韦。"

"哦，"鲍勃嘟哝了一声，"是吗？"

"是的。"

"他是个怪人，那个勒瓦洛伊。"

"我什么也不能说，里德先生。"

"他是个怪人，这话是我说的。你不需要说。"

讷丝仔细地打量着他。孩子在她怀里昏昏欲睡。"您会在附近，对吧，里德先生？"她问道。

"我会的。我住的地方离它很近。我康复期间，我女儿一直住在博韦。”

“里德先生，我希望您很快就能回去打理您的生意。”

“别逗我，讷丝。我就像公牛的乳头一样没用。”他想起了那个戴着碎眼镜的男孩，还有枪托重重砸在那个可怜的宾夕法尼亚人头骨上的场景。“要不是因为我的艾米丽，我都想死在那片草地上了。见鬼！”他说，“我现在比一个黑鬼好不了多少。”

讷丝默不作声。

“你要守着那个小东西，讷丝。”他说道。他没有告诉她，女儿很久不写信来。他也没有说最后一封来信是在一月下旬，几句公式化的问候，还有下面寥寥数语：

> 母亲昨晚去世了。等到天气持续回暖的时候，她会被埋葬在院子里那棵梧桐树附近。罗尔斯说，现在地面太硬了，没法为她挖出合适的坟墓。奥瑞莉亚一个月前去世了，在地窖里停放了一段时间，但我不知道他们怎么处理她的尸体的。有勒瓦洛伊先生在，我觉得宽心多了。

***

在医院的军需官通知勒瓦洛伊他的合同被取消一周后，罗尔斯准备了一辆骡车，从钦博拉索医院为他的主人取回财产。那天早上，勒瓦洛伊对罗尔斯的准备工作显得异常感兴趣。在天色渐渐泛白的一小时里，勒瓦洛伊看着他为旅途安排好车子和骡子。当骡车在东方晨曦中沿车道而下向城市驶去时，他朝罗尔斯挥了挥手。十点左右，罗尔斯在詹姆斯河高高的南岸边停下来休息。他侧耳倾听，想捕捉贝尔岛上一万名联邦军战俘的声音，但只听到风掠过水面，还有灰绿色的河水拍打着铁路桥桥墩的声音。中午时分，他越过詹姆斯河，进入了市区。沿着沃尔街向北行进，经过伦普金监狱的地狱时，他低下了头。罗尔斯在布罗德街驾车再次折向东，骡子慢慢地拉着车穿过鹅卵石街面，爬上陡峭的山坡。他走过一座横跨在一个叫“拼命奔跑”的峡谷上摇摇欲坠的木桥，钦博拉索山顶曾经葱郁的那片土地展现在他面前，这地方现在像被刷上了一道白漆，一片低矮的白色木屋一路延伸到山坡上，像伸到了世界边缘。帐篷环绕着这片土地，营地上方的蓝天弥漫着炊烟，建筑物之间的小径尘土纷扬，医院就坐落在这些小径之中。罗尔斯发现这片地方大得几乎令人难以置信。里士满最东边这七个山头上聚集的人是他这辈子所看到的人数最多的场景。护士和勤务兵从帐篷里跑进跑出，工作服上沾满了深棕色的血迹，那是翻耕过的河滩泥土的颜色。曾经，山顶只有绿草，现在它们早已被践踏成了记忆。暖和的空气中，尘土又漫卷起来，他像盯着太阳看了太久似的移开了视线，但眼中还残留着正午艳阳下擦洗过的帐篷闪动的白色。

他把一张条子递给门卫，上面还盖着勒瓦洛伊的印章。他不知道上面写了什么，只知道他要立即将主人的财产带回博韦种植园去。罗尔斯在医院边上等了一会儿，然后，就像做梦似的，他看到讷丝向他走来。他一直靠在骡车上，看到她时，他整个人瘫了下去，差一点跌坐到泥地上。他觉得自己所有的气息都会从身体里汹涌而出，如同玻璃一样易碎的清澈泉水从地里冒出来一般。他呼出一口气，眼泪顺着他高高的颧骨往下流淌。他把帽子从头上摘下来，任由眼泪无声地不停奔涌。他从容地缓缓稳住了呼吸，站起身来。在她走近时，他把帽子又戴回了头上。她怀中抱着一个婴儿。讷丝背对着医院，黑色脸庞笼罩在阴影中，罗尔斯觉得自己身上重要的一块又被还了回来，那一块对他而言弥足珍贵，就像他的影子在被隔断了这么长时间后又回来了一样。他有两年多没见过她了。那次见面之后，战争打响了，里德把他和他母亲卖给了勒瓦洛伊，他母亲和里德的妻子一起发烧去世。罗尔斯回忆起那天早上离开时勒瓦洛伊的挥手，但他并没有多想。长久以来，他一直心怀希望，希望这样的一天也许能够到来。但在满心喜悦中，他又不禁暗想，实现了的希望是否会有力量把他带得更远，又抑或是现在他的希望会完全落空。

讷丝身旁走着一个瘦得像个电灯开关线的白人，两条腿裹着铁和皮革，大衣的右袖别在肩上。罗尔斯注意到讷丝的手扶着那人的手肘。这种轻轻的扶持是要让这个男人觉得，他的平衡有朝一日会自然恢复，觉得她的帮助是有用的，但又不是必不可少。“暂时让他们保持自己的骄傲吧，”她后来告诉他，“很快这种骄傲也会消失的。”

讷丝领着走向马车的那个人，看上去跟罗尔斯以前的主人只有一点点相似。别在右肩上的袖子在微风中鼓动着，他的双腿在僵硬地挪动，让罗尔斯想起了一把没有刀身的镰刀在泥地上挥动。

“好好看仔细了，罗尔斯，”里德说，“我不希望以后每次我转过身去，就感觉你在盯着我的后背看。”

“对不起，里德先生。只是好久没见你了。“

“那你是想我了吧？”他问道。

“让我扶您上车，先生。”

里德把罗尔斯伸出的手推开了，讷丝帮里德爬上了对着车尾的马车后座。“这个姑娘才是我的帮手，”他说道，“你对我的需求了解多少？”

讷丝爬上驾驶座和罗尔斯坐在一起。他心无偏颇地看着孩子。他们知道真正的团聚还得等一等，所以他们坐在骡车车头，开始了一次沉默的重逢。讷丝也感觉到气息冲击着胸膛，她的双眼一眨不眨，眼泪顺着脸颊流了下来，直到她在沉默的嘴角尝到了它们的甜蜜。她满心欣喜又恐惧，因为她一看到罗尔斯在骡车旁瘫下身子时，就知道这次重逢是他们很快就会见到的那个男人安排的，但其中原因她不甚了然。

“带我回家，罗尔斯。”里德说。

罗尔斯看着讷丝，似乎要告诉她一些事情，但他只是再次把头转向缰绳，用鞭子抽打骡子，让它们继续前进。

他们沿着罗尔斯早先的旅程原路返回，越过了横跨瀑布线的那座桥的旧石墩，爬上了低矮河谷的顶点，收费公路从那里开始尘土飞扬地向皮德蒙特丘陵区①延

① 阿巴拉契亚山脉的4大重要组成单元之一，其他3个分别是蓝岭、平行岭谷区和阿勒格尼高原。

伸，向山丘远处一望无际连绵起伏的蓝灰色山脉延伸。他们几乎一下子就经过了鲍勃和他的骡子运输队赖以谋生的窄轨铁路废弃的终点站。站台的木头大部分已被拆除，一些搭起了沿河而建的单坡棚屋和破房子，庇护战乱中贫困潦倒失去家园的人，更多的则被拿去修筑一直延伸到市中心那片宽阔平静水域的土垒和防御工事。

鲍勃在战争开始时随志愿龙骑兵团离开，对之后所发生的事情知之甚少。他知道自己的妻子已经死了，女儿则被安置在博韦种植园监工的房子里半年多。但他不知道的是，在他女儿出生前他的第一个奴隶花几年工夫亲手建造的房子已经被拆毁，那里成了流浪者和混混们的地盘，他们就像争吃腐肉的负鼠，把那片土地上值钱的东西捡得一干二净。

他们经过的时候，里德看到了窄轨铁路线的尽头和仓库的断墙颓垣，他什么也没说。我现在算什么？他心想。对罗尔斯来说，他不再是主人。对弗吉尼亚州来说，他并不比坟墓里所有的死者更有用。而最让他恼火的是他在别人眼中看到的情绪。他看到的是，对他的回归和他所遭受的一切，他们全都深感遗憾。倒不是说他们会把这种感觉大声说出来，他非常理解，但没有人会等着赞扬一个身体已经烙下失败印记的人，更何况他的残废也同样成为了他们失败的印记。

他们经过了他的土地入口处的鹅卵石路，又继续行驶。“我说了，要回家，罗尔斯。”

“勒瓦洛伊先生想让我先去博韦。您知道我现在必须照他说的做，里德先生。”罗尔斯说。

罗尔斯驾驶着骡车沿大宅长长的车道行驶，车道两边是一排排参差不齐的雪松。讷丝看到勒瓦洛伊站在种植园前部的最高点，身旁是一个穿黑西装的男人，西装上沾满尘土。她本能地抓住了罗尔斯的右膝，把他的膝盖都抓破了。她还把乔治紧紧地搂在身边，弄得他开始大哭。她很快就放开了手，甚至感觉到罗尔斯的目光落在她身上时，她也没有看过去。她轻轻地对婴儿唱着歌，孩子哭得厉害，她的歌词几不可闻。讷丝回头看了看里德，但他的眼睛仍然盯着他们走过的路，似乎对世界的持续存在漠不关心。

“他们来了，先生。”他们的车停在勒瓦洛伊身边时，罗尔斯对他说。

“很好，罗尔斯。干得好。请稍等片刻，我得先欢迎我们的征服者归来。”勒瓦洛伊说着，把脚搭到了骡车的台阶上。他走过去握住鲍勃的肩膀，握住的却是别起来的空荡荡的袖子的灰色布料。里德看了勒瓦洛伊一会儿，像被鞭打的狗一样咧开嘴露出了上牙，然后镇定下来。勒瓦洛伊把手收了回来，抱歉地笑了笑，将手背轻轻贴住里德脸颊上凌乱的胡子，像把他当成一个生病的孩子。“我们想你了，鲍勃，非常想念。但现在你回家了，我们俩很快就都会有好事临门了。”

“我只想见见艾米丽。”里德说。

“她一直在等你。”

然后，勒瓦洛伊伸手去招呼讷丝，好像要把孩子从她身边带走，但她难以觉察地把身子靠向一边，只听到他说：“我打赌他长大后会成为一个强壮的黑鬼，讷丝。你觉得呢，罗尔斯？”

罗尔斯盯着那些骡子的后背。“是的，先生，”他平静地说，“我想您说得对。”

勒瓦洛伊把身子探向罗尔斯，差不多像耳语一样说道：“他看起来根本不像个小黑孩，是不是，罗尔斯？我告诉你，这孩子看起来简直像个印第安人，他的肤色太浅了，你不觉得吗？”

鲍勃陷入了沉思，想知道自己回到了什么样的世界中。他曾在发烧的时候做过上百万个梦，从暮夏到去年冬天。那时天空洒下微弱的光芒，仿佛是从肮脏的杯子里洒落的。“她在哪里?”他问道,“有人照顾她吗?”

勒瓦洛伊叹了口气。“我必须承认,我觉得有必要介入。我第一次派罗尔斯去看望她的时候,再过一周她就得拿鞋子上的皮革果腹了。上帝助她。”他把脚从台阶上拿开,双手插进兜里,“你的烦恼现在都结束了,鲍勃。”

讷丝和罗尔斯低垂着头听他们谈话,下巴差不多要抵上胸口,好像这种姿势在白人眼里就像耳朵聋了似的。乔治又安静下来,在她怀里睡着了。如果他们现在能够身处另一个世界,她就会摇摇头说,这一切没有一样是真的,这个法国人没有从后面侵犯她,否则她将无法直起身来。但讷丝知道她现在身处弗吉尼亚州跳动的心脏中央,而不在另一个世界,不是她在脑海中前往的那个世界,不是那个她听说过的地方,那里大迪斯默尔沼泽的黑水上有上百万个岛屿可以让他们藏身,那里的沼生蓝果树、柏树和高大的白色雪松下生活着自由的人们。在弗吉尼亚州,很长一段时间以来,真理都无关紧要,很长一段时间内也还得如此。她认为,这里唯一重要的是人们愿意相信什么。很多死去的黑人如果还活着的话,就会证明这一点。不知道人们会相信什么样的疯狂，但在讷丝看来，真理是没有机会的。

鲍勃不相信勒瓦洛伊的诚意。烦恼并没有结束，他想。那话听起来更像勒瓦洛伊在向他朗读里德的悼词。他让我以前的奴隶把我当成他的空酒桶一样，拉着我到处走。鲍勃又想起了在梅卡尼克斯维尔洗劫他的口袋的那个男孩，想起他戴上那个宾夕法尼亚士兵的烂眼镜，微笑着，活像收到了圣诞节礼物，还想起了他之后跳的那一小段舞。

“在某种程度上，”他说道，“你不在的时候，我感觉自己就像她的父亲。”

“真的吗？”鲍勃问。

“而现在，”勒瓦洛伊继续说道，留意着自己的措辞，“我发现我的感觉被误导了。我不再视她为女儿，而是一位新娘。”

鲍勃本能地准备摆出一种威胁性的姿势，但那只是让他的腿部支架发出一声响亮的“嘎吱”声，灰色的袖子在当风的山丘上无力地鼓动着。

“鲍勃，我常想给你捎个口信，这样我才能得体地向她求婚。但你必须相信我，这样的安排对我们所有人来说都是最好的。”

鲍勃轻蔑地挥了挥剩下的那只手。“你把我女儿叫来，叫这孩子载我们回家就行了。余下的事情我们可以晚些时候再谈。”

“别这样说，鲍勃，”勒瓦洛伊说，“天都快黑了，你不能走。他们说附近有联邦骑兵出没。”他又说道：“艾米丽在附近监工的屋子里。至少你今晚要和她待在一起。”

“好吧。行。那带我去见她。”

“很好，很好。罗尔斯，”勒瓦洛伊说，“为什么你不和讷丝把里德先生先安顿好呢?”他拍了一下手，尖锐的声音让鲍勃吓了一跳。勒瓦洛伊笑了。“这是一次重聚。”他说道，“没有什么比团圆更好的了。”

勒瓦洛伊和牧师静静地看着骡车沿着修剪齐整的雪松道行驶，拐进开阔的田地，穿过一片古老的山毛榉树，然后不见了。

“我们需要调整日期吗，勒瓦洛伊先生?”牧师说。

“牧师大人，我现在不能对里德先生施加这么大的压力，对吧?”

当晚，勒瓦洛伊派罗尔斯回里士满去办事。只不过是一个借口。那天晚上没有月亮，博韦种植园的主人走在通往奴隶小屋的道路上。在讷丝很快就会和罗尔斯同住的小木屋里，讷丝透过变形的窗玻璃看到了他烟斗上明灭的余火。不要是今晚啊。今晚，她闻到空气中飘荡着清晰的白肋烟①气味，这是一种警告。她走过去熄灯，但这样做就要经过一扇窗户。“开开门，讷丝。”他开口宣布着自己的存在。她打开门，站在门檐下，看见他在黑暗中倚着一棵松树。一个在黑暗中也很扎眼的人。他外套里面的衬衫下摆散着，白皙的皮肤打破了午夜内敛的安全感。她一言不发。

“我感觉自己又像个年轻人了，讷丝。我觉得充满了活力。”

“那太好了。”她说道。每当他们中有一个开始说话，她就悄悄把门再关小一点，尽量不做得很明显。

他把烟斗对着他所倚靠的树敲了敲，余烬熄灭了。“你不请我进去吗？”他说。

“罗尔斯在哪里？”她轻声问道。

“他不在。有一段时间不会回来了。真是个尽职尽责的人。”

他走了进去。乔治睡在讷丝床边，被几张毯子裹着。

---

① 一种几乎不含糖分的自然风干烟草，燃烧缓慢，风味出色，因为可以吸收调味剂，而被广泛使用于许多芳香烟草中。

勒瓦洛伊先生不知道自己是多么平平无奇。但是讷丝知道。尽管他总是一副彬彬有礼的疏离模样，还有一肚子心思，但他是她非常熟悉的那一类人。齿轮上无足轻重的一颗齿子，不管齿子有没有断掉，齿轮都会继续转动。她一生中见过几十个像他这样的人，她算得出在整个南方有成千上万扮演着同样角色的人。他装出一副世故的样子，一旦心血来潮，或者有小小的不顺意，他就会发作。她不能确定自己、罗尔斯或他们俩一定会死在他的手中，但她认为不管是谁下手，看起来都会很像他干的，不会有什么不同。在这个世上被视为祝福的东西让她想要诅咒上帝，她想轻易抛弃对上帝的信仰，就像罗尔斯不再去想生活中所有荒谬的事情，而是说，今天将是艰难的一天，而明天则更加艰难，有这么句话就够了。但现在还不是时候。她必须再应付一次。她打开了门。她知道他要说的每一句话，他仇恨自己的肉体，这种仇恨会被扭曲并强加给她。他和他们所有人一样，都是可以捉摸的。讷丝试着屈从，但最后她的挣扎恰好让他更为急不可耐。

***

第二天早上，鲍勃把女儿留在监工的屋子里睡觉，自己一瘸一拐地走进结了霜的院子，朝后面的空地走去，高声呼唤着讷丝，但没有人回答，他也没有力气去敲每一间小屋的门。当他回到监工的屋里，艾米丽正等着他。“拿上你的东西，”他说道，“我们回家去。”

“家不在了，爸爸。”艾米丽说。

他离开的时候，她几乎还是个孩子。他把她拉近身旁，靠在门廊栏杆上，往她高挑的肩膀围上一条针织披肩御寒的时候，他意识到她变了很多。她现在快十六岁了，他心里多少有些误解，以为她长大了就自然会变得忧郁。有一会儿他以为她是在比喻。“我知道这一切对你来说也很艰难，艾米丽，”他说道，“如果可以的话，我想弥补我的缺位。但我们要先离开这个地方。那个人和我们不一样。如果我能做得到，我一定不想让你和他在一起，我肯定要试一试的。”

“不，爸爸。家已经不在那里了。”

她告诉父亲，不再收到他的来信之后，勒瓦洛伊先生建议她们让他成为她父亲遗产的执行人。她尚在悲痛之中，文件很快就起草好并签了名。他养着她，给了她栖身之所，鲍勃·里德也一直没有传来任何消息，让她觉得他还会回来。所以她让勒瓦洛伊先生接手，因为她相信他不会害她。

鲍勃开口说:“我们可以向法庭请愿，他们会明白你当时的处境……”但他渐渐明白了自己困境的本质，话音也慢慢弱了下去。勒瓦洛伊给得起钱，能请来一支规模足以与鲍勃·里德刚刚退伍的军队匹敌的律师队伍。里德曾经拥有的一切，现在只是一份庞大资产的一小部分。像鲍勃·里德这样的人永远无法分割勒瓦洛伊的资产，他甚至连收入都没有，所能凭借的也只有里士满刚通过的一项向退伍军人发放福利的新法律，能否执行他可说不准。他看着女儿，发现她被骗了两次。第一次骗她的是他和政府，当时他抛弃了她，为政府去打仗。然后她又被勒瓦洛伊先生骗了。不过他并没有为此责备艾米丽。“帮我把马牵过来，我想去看看房子。”

“爸爸，”她又说道，“没什么可看的了。”

在温暖的晨光下，他和艾米丽骑马从监工的屋子回到自己的土地上。一年之后，勒瓦洛伊枢纽站通往罗利①的新铁路线上的第一条铁轨将铺设在鲍勃和艾米丽曾经称之为家的土地上。艾米丽告诉他，所有的东西是如何被当作废品卖掉的，鲍勃意识到，如果局势不允许

① 北卡罗来纳州和威克郡首府，因有大量橡树而被称为“橡树之城”。

勒瓦洛伊那样廉价地获得这块土地，他是永远不可能达成这笔交易的。

鲍勃在女儿的帮助下下了马。他在空荡荡的土地上漫步，想象这里会变成什么样子。他妻子的坟墓掩埋在金属、碎石和废弃绳索之中。女儿童年时的家的轮廓仍然清晰可见，像一张临时睡床，上面有风铃草和紫色福寿菊在高高的野草中繁茂生长。他站在那里，过了许久，才平静地说："我会把它拿回来的，艾米丽。我保证。我不知道怎么做，但我会的。"

艾米丽看着身心俱疲的父亲在自家的土地周围踱来踱去，好像它的地标还在那里，他本能地穿过已经拆除的大门，背对着她，一下子瘫倒在地。艾米丽替他觉得丢脸，她对他既爱又恨，恨他的伤势和无助。虽然她不忍心对父亲这么说，但她知道勒瓦洛伊先生不会把任何东西还给他们，除了更多的空虚。

春末夏初的时候，她嫁给了勒瓦洛伊。那天早上，鲍勃·里德看着穿衣镜，几乎认不出自己。自从他在梅卡尼克斯维尔受伤，已经过去将近一年。在感觉好的时候，他认为一辆车轴坏了的马车或一段栅栏修得不好的篱笆，可以与他仅剩的东西相比：腿部支架，空荡荡的袖子，所有这些加起来就是又一个做工粗糙而无用的人造玩意儿。

艾米丽同意了这桩婚姻，但鲍勃仍然看不懂她。他要她给予他力量，并一次又一次向她保证，他知道自己在做什么，说这是最好的选择。坚强些，相信我，他常说。鲍勃·里德知道依靠女儿残存的力量是残忍的，但他知道自己毫无力量，或者只剩下让脑中的声音安静下来的力量。那些声音会让他拿起猎枪去谷仓，打爆自己的脑袋，让脑浆飞溅在干草堆上。他离开之后的两年里，她如何生活的？他问起的时候，她没有说，于是他也不再问了。他想把自己的黄色法式军帽给她，那是他刚加入志愿军团时她很喜欢的东西，但她一看到就哭了。他想起她以前寄给他的信里写的那些话，胆战心惊。勒瓦洛伊先生说……勒瓦洛伊先生说……勒瓦洛伊先生说。自从他回来，他们俩常在监工的屋子里擦肩而过，在彼此眼中，对方就像一个鬼魂，需要再看一眼，才能确定那个身影是否真实，也许要一个战栗和一句话才能让它走开。

仪式开始前，马车停在了环形车道上，他伸手牵住了女儿的手。艾米丽看着他，露出楚楚可怜的微笑，试图掩饰她对他渐深的恨意。她说：“太迟了，爸爸。”

鲍勃在郁郁寡欢的沉默中退缩得更深。勒瓦洛伊早把这种沉默当成彻底的屈服，而艾米丽则认为那是进一步的自暴自弃。他们到达后，他泰然自若地倚靠在腿部支架上。勒瓦洛伊在依然耸立的老梧桐树下等待他的新娘。里德看着女儿走过鹅卵石车道，在勒瓦洛伊对面停了下来，胆怯地看着牧师。里德在这世上唯一的愿望就是再对她说：我的女儿，这是最好的选择。我以你母亲的名义发誓，如果你相信我，我可以让这个世界恢复正常。但鲍勃·里德说不出口。

牧师开始讲话，艾米丽低头看着地面。她匆匆瞥了父亲一眼，虽短短一瞬，却明确地告诉父亲，她的世界终结了。她说得没错，她的世界确实终结了。但她不知道自己为什么没说错，不知道她所说的自己独一无二的个人世界的终结，也可以描述在她任性抱怨之外的事物的状态。整个世界都终结了。里德知道这一点。他也因此爱她；她淡漠的愤怒和失望填补了这个终结的世界所留下的空虚。马背上那些穿着蓝色外套的人已经在它的边缘转悠了，投机商很快就会来做更多的估值和评估。他羞愧地把目光从她身上移开，垂下眼睛。我这样算是个什么人啊，给了她这么一个破碎的世界，反过来还想把那也从她手中夺走？她站在那边，等待着勒瓦洛伊牵起她的手，用我们所有人最擅长的方式说出真相，其实那时我们想说的是另一些话，我们甚至没有意识到那就是自己想说的真相。

勒瓦洛伊先生要求婚礼以朗诵《所罗门之歌》① 开始。所以牧师讲述着一位肤色黝黑的美人和一座被忽视的葡萄园，缓缓地打破了沉默，最后以诵读《创世记》作为结束，宣称那些聚集在山上夏日阳光下草丛中的人，是他们那一代人中正直的人，这场婚姻的后嗣也将如此。最后，他宣布在上帝的见证下艾米丽与勒瓦洛伊先生缔结了永恒的婚姻。

她又看了看父亲，从他脸上看到了深深的羞愧，便转过身去不再看他。她的身体紧张起来，这个世界要求她全盘接受谎言，对此她越发感到怨愤。她有过选择吗？在艾米丽看来，她的一生似乎已经被牧师所说的上帝，或她的父亲和勒瓦洛伊先生，或者所有像他们一样坚持认为世界就是他们所描述的那样的人给描绘出来了。她开始看清他们各样的欺骗，如果能让他们自我感觉更加良好，他们什么话都会说。她想知道，若她可以

① 《所罗门之歌》(*Song of Solomon*) 为《旧约全书》中的一卷，通译为《雅歌》，传说公元前 10 世纪英明睿智的希伯来国王所罗门所作，是一部富于戏剧性的爱情诗歌，亦被称颂为“歌中之歌”。

自己选择，会是什么感觉。她想知道，是否有可能选择屈从，然后悄悄过一种只有她自己才能定夺的秘密生活。她看着父亲羞愧万分的样子，心想不知他是否也清楚自己生活在谎言之中。她不确定自己是否还会在乎别人的自欺欺人。现在她独自站在夏日憋闷的空气中，感觉整个天空像被无形的锚牵着，兜头压了下来。她开始感到恐惧消失了。勒瓦洛伊先生正在和牧师谈话，她的父亲站在一旁，脸上是掩饰不住的羞愧。她现在要过自己的生活，不管外界看它是什么样子，不管周围的环境如何，她决心成为自己思想和心灵的唯一主人。她永远关闭了这两扇门。

他们在里士满一家注定要倒闭的旅馆度过了新婚之夜，这座城市拒绝承认自己不可避免的毁灭已经开始。从他们的房间可以听到仅三个街区外的饥饿暴动①的声音愈发喧嚣。“请关上窗户，勒瓦洛伊先生。”她说。有人敲门。两个身穿白色制服、戴着白手套的黑人男子在他们的套房里为他们提供晚餐服务，不言不语地服侍着，他们的动作如此赏心悦目，无论哪个客人都会觉得

---

① 发生于 1863 年 4 月 2 日，是美国内战第 3 个春天期间南部一系列内乱中规模最大、破坏力最强的一次。

他们生来就是举止恭顺高雅。

勒瓦洛伊微笑着说："当然，亲爱的。"然后关上了窗，咔哒一声把金属窗栓闩上了。

他朝壁炉走了三步，将手放在她肩上。她稍稍退缩了一下，但很快恢复了镇静，迅速得只有早有预料的人才会意识到她的害怕。她的焦虑激怒了他。他曾希望今晚会有不同方式的迎合。这些年来，他也随心所欲够了，现在有了妻子，她是他的妻子，他希望她能以激情或欲望来回应他。但她并没有。她的身体对他的抚摸做出了他绝对不会误解的反应：紧张的抗拒，接着是认可，最后是沉闷又毫无意义的屈从。

艾米丽一生中只去过里士满两次。她发现无尽的石头和砖头令人窒息。在暴风雨中，她会听到水流冲刷过支撑着附近铁路桥桥墩的声音。但那晚没有暴风雨，夜晚晴朗潮湿，尽管房间高出街面许多，空气里还充斥着烟雾、污水和马圈的味道。她转身向窗外望去，看到了沉闷的砖头建筑顶上偶尔出现的尖顶，还有一个烟囱在月色中冒着烟。她曾经是幸福的，她想，那时局势还没有将她从孤独中拔除，带到勒瓦洛伊面前。她断定只有再次找到那种孤独时，她才会感到幸福。

他们默默地吃着冷餐。尽管那晚湿热，勒瓦洛伊还是在壁炉里生了火，这样的话，他还有别的东西可以看，而不用看着年轻的妻子。她走进隔壁房间，努力说服自己去做必须做的事。也可以说，勒瓦洛伊是那天晚上开始爱她的，恰是因为她比以往任何时候都更加不可能成为他的一项财产。但这并没有让她也一样爱他。

她赤裸着走出房间。炉火照亮了她灰色的眼睛，两朵云彩在月亮面前掠过。“熄灯，”艾米丽要求道，“拜托。”她不再害怕他了。虽然她不知道会发生什么，但她告诉自己，她正在做出选择。俗话说得好，你认识的魔鬼总好过不认识的魔鬼。最让她烦恼的是他那令人窒息的体重，而不是疼痛。时间无动于衷地流逝着，此时彼时，此地彼地，平衡着可能性。她闭上眼睛，试图让自己迷失在所感受到的空虚中，但她不禁想到未来还有许多像这样的日日夜夜。到最后，灯是不是还亮着，她都无所谓了。

第八章

洛蒂·布莱德邂逅那位和蔼可亲的弗吉尼亚老人仅仅几周后，她就遇到了一个名叫查理·普伦蒂斯的男人。在她成年之前的十八个月里，他将是她的丈夫。那天他为“塔尔河货运”公司开卡车，跑长途去阿拉巴马州莫比尔市，开了四分之一路程后，他走进了这家餐厅。喝了半箱施利茨啤酒①，凌晨四点，他们在停车场跳起舞来。附近十字路口的水银蒸汽灯所照之处空空荡荡，于是在经过身边几辆车的司机眼里，他们看起来就像两个鬼魂。

查理首先是一个积习难返的伪君子。在五十年代产的肯沃思卡车驾驶室里和她做爱后，这个男人会说：“该死的，姑娘，你的想法好野啊，我从来没有见过这样的。”还是这个男人，喝了一些施利茨啤酒之后就会说，她是个糟糕的半黑人婊子，世上根本就没有克洛坦人，说他迫不及待想离开这个死气沉沉的地方，重新上

---

① 曾是仅次于百威的美国第二大啤酒品牌。

路。好在这段婚姻很短暂。在西弗吉尼亚州新河上方的一个急转弯处，查理把车径直开进了水里，溺水身亡，于是他们的婚姻也结束了。他的尸体直到近两周后才被发现，发现者是一位等待家人来度假的切萨皮克和俄亥俄铁路公司的主管。要是别人知道了可能会说，这就算不是预兆，也可能是一个非常奇怪的巧合。查理在水中泡了十天，皮肤上出现紫色的暗斑，与他离家当天早上在洛蒂脸上留下的瘀伤毫无区别。那天早上，他最后一次启动了柴油发动机，驶向自己的死亡。

到一九六五年，洛蒂已经在弗吉尼亚州德尔塔维尔的波卡洪塔斯大道尽头一间三居室小屋里舒适地安顿下来。她独自生活，并将独自生活多年，那段短暂婚姻使她不再觉得孤身一人是丢脸的，毋宁说在丈夫死后她主动远离外面的世界。二十五岁时，她在一家邮局找了份工作，顶了个缺，这家邮局把她派到了一个偏僻的弗吉尼亚小镇上。她经常走蜿蜒曲折、通向无边无际的海边树林的小路，可以瞥见延伸向大海的海湾。

大部分的空闲时间里，她要么待在门廊上，眺望切萨皮克灰色的花岗岩乱石和绿色的海水，要么就待在车库里。她发现车库是一个非常适合艺术创作的工作室。她主要创作油画，以业余爱好者的诚实和本地人对南方所有奇崛、矛盾之处的执拗热爱，再现着她每天驱车穿越的南方。画布上一条黑色的条纹描绘的是宽阔的水面，灰色的长方形上有些亮色的点，看起来像夏日明媚阳光下海湾沿岸的小片海滩。在德尔塔维尔及周边地区，许多人家里都会挂着洛蒂的画，但很少有人觉得自己了解她，尽管洛蒂从吉普车车窗向人挥手，会常让对方觉得认识她真幸运。很长一段时间就这样过去了。事实上，是许多年。她从少年步入成年，从成年步入可算是人生的中年。毕竟，这生活还不算糟糕，如果被问到的话，洛蒂会这么说。虽然独自生活，但她很少感到孤独，洛蒂·布莱德或多或少对她的生活秩序心满意足。

但是当一九八四年的秋天降临弗吉尼亚州的德尔塔维尔的时候，洛蒂感到有些不对劲。她在北卡罗来纳州与那个来自弗吉尼亚的老人待了几个小时，最近她时常想起他，比过去近三十年里任何时候都要多。前年夏天，她遇到了一个名叫比利·里弗斯的男人，他在萨卢达开了一家综合商店，就在一条小高速路的分岔口，往东通向海湾和德尔塔维尔。他卖的是钓饵和钓具，几把二手猎枪，冰箱还能用的那半边里放着冷啤酒，坏的那半边卖温啤酒。他有时会在后面的停车场上修理损坏的发动机或松掉的减震器。他是个普通人，大约三十五岁，算不上好看，也不难看。除非他跟你说话，否则你可能不会注意到这种人，而且无论你们聊了多久，过后你都会发现要描述他挺难的。他留着整齐的小胡子，腆着个肚子，头发稀疏，但他用一顶蓝白色的莫帕棒球帽遮住了头顶。那里很多人都觉得虽然帽子的做工还不错，但戴这顶帽子很做作，因为他驾驶的是一辆保养得很好的福特F100，棕色，后斗很长，安上了白色的厢盖。

他帮她修好了一个旧搅拌器，那是她帮一个朋友画了几幅画之后对方送的。之后他们约会了几次。洛蒂一开始觉得他内向又无趣，但第三次约会时，她意识到他其实不是内向也不是无趣，那只是因为他在全神贯注地听她说话。他觉得她迷人又美丽，他似乎乐意让她窥视一下他们可能分享的生活——即使和他在一起，她也能感受到独处的安逸舒适，她希望他也有同感。她知道他有一个不愿谈起的年幼儿子，还有一个不允许他见面的前妻。她还知道他善良温柔，而且这两种品质都根植于一种无法平息的绝望之中，而他的整个人似乎都围绕这种绝望运转着。

在遇见洛蒂的几年前，比利已经永远放下了酒瓶。他决定像别人那样活着，或者至少把自己的日子过得尽量与别人的生活接近。这使他在许多方面都变成了一个更好的人。但事实上，在其他不那么明显的方面，他变得更糟糕了。他觉得自己现在的整个生活都是虚假的根系上开出的花朵。他的妻子艾米离开了他，改回了婚前的姓氏巴特尔，又让他们的孩子随她姓。在他们最后一段关系良好的时期里，她怀了孕。两人都认为，把新生命带到这个世上可能会帮他们找回失落的旧时光，但其实行不通。她带着他们的儿子约翰住在里士满郊外詹姆斯河对岸一间租来的小房子里，离他一九七一年从军队退役时他们买下的婚房有一个半小时的车程。他原以为如果发生改变的是他，那妻子可能会留下来。他的改变只是让他的妻子更加无法容忍他以前的过错，因此她提出了离婚。当比利读到她在法庭上的证词时，他觉得一切都是他的错。即使他和妻子都知道他不会再那样做了，他还是欣然认同这一事实不足以挽救他们的婚姻。因此，他没有提出反对，而是让她逃离了他的轨道，他觉得那是一个好男人该做的事。

但比利·里弗斯不止有无法挽回的过去，天气转冷，洛蒂渐渐发现他让人依赖的一面。在他们第一次见面仅一个月后，他就把自己的东西从皮安卡坦克河上的小屋搬到了她在波卡洪塔斯大道上的小房子里。起初的害羞无法遮掩他热情的天性。缠绵之后，他都会小心地摘下方框眼镜，折叠起来，规矩地放在床头柜上，就放在钱包前面。这种古怪的细致也是许多戒了酒的醉汉的共同点。他们戒酒时对即将到来的厄运总是心怀恐惧，但同时又相信，如果他们这样安排自己的生活，厄运则可以避免。他告诉她，这眼镜是一九六八年时军队发给他的，那之后他一直戴着，而在那之前，他不知道自己的眼睛有什么毛病。洛蒂觉得，一个能把小事做好的男人其实不错。我们大多数人对这些事漠然处之，一辈子都很嫌弃。因此，就算他没有对生命中真正重要的事情给予同样的关注，她还是谅解了他。

洛蒂没有向他问起越南的事，尽管她知道他在那里待了两年，那时他十九、二十岁的年纪。关于战争，他没有什么可说的，只是到了夜里，他会在睡梦中大喊大叫。洛蒂惊醒后难以入睡，除非他迅速平静下来。她私底下管这些时刻叫“比利的歌”“他的小摇篮曲”。过了一段时间，她连这一点也开始依赖上了。她没有对他谈起过他的噩梦，尽管噩梦来时她会紧紧抱着他。有时过后他会醒来，洛蒂抱着他的样子就像自己在可怕的风暴中漂流。她什么也没问他，因为她很肯定若是问起，他就会把真相告诉她，他会毫不犹豫地把他生活的一切都告诉她。洛蒂对这种确定性感到异常欣慰。如果真相近在咫尺，一切就尽在不言中。

比利一生中只有过一次像对待洛蒂那样诚实。二十七岁的时候，他开车去里士满南部的麦奎尔退伍军人医院，要求看精神科医生。他希望开车到里士满去求医，不用公开姓名，能让他有些安全感。他们闲聊了一会儿，医生问他一般喝多少酒，比利把数字减半告诉了他。他以为医生不会再问了，结果医生告诉他每天十二杯啤酒意味着他可能是个酒鬼。他很惊讶，夜晚的恐惧还没有到来，夜里比利连自己的鬼魂都可以淹死，但白天的恐惧却永远存在。他告诉医生，有时他斜眼看镜子或在眼角余光中，会看到一个孩子烧伤得厉害，皮肤像蛇皮一样蜷曲脱落。或者他经常闻到人造物品、人和村庄燃烧的气味。他还说，他觉得自己杀的越南佬还不够多，或者根本没杀对人，他到底该怎么办？医生问他，内心的仇恨是否使他害怕。“我不恨任何人。我一点感觉都没有，”比利回答，“我害怕的正是这一点。”

“那为什么会让你害怕？”

他没有回答。他想说的是，一个恨不起来的人也就爱不起来，想想他年轻的妻子艾米，他怎么知道她应该得到的是他所给不起的呢，他觉得他给不了她任何东西，他让她分担的只有太多的痛苦。

“这样子会持续多久？”他没有回答，反而问道。

“什么样子会持续多久，比利？告诉我。”

“这个，”他说道，“你知道的，所有这该死的一切。”

“哦。”医生回答。他倾身向前，交叉双腿，双肘撑住膝盖，双手托住下巴。“永远，比利。永远都会是这样。”

他离开的时候感觉好了一点，尽管这并不能说明什么。

洛蒂和比利有时会去内陆的塔帕汉诺克或里士满，都挺惹人注目。去到更远的海湾区域，就没有什么问题。根据比利的说法，水手们对于世界的划分不同于他人，他们眼里水手以外的人都是其他人。这世上还有其他的划分方式。不管怎么说，即使是在塔帕汉诺克或里士满，大多数人几分钟后都会断定她是马塔波尼族①人或是其他什么印第安人，即使一眼看去她看起来像一个浅肤色的黑人女孩，一个潜在的麻烦，至少他们会这么对自己说，然后就不再搭理他们。遇见比利时洛蒂四十三岁，比他大十岁。那时她已经学到了一些比利不

① 印第安部族。

知道且也许永远也不会真正知道的事情，其中之一就是人们会在不征求洛蒂或比利的意见的情况下，就直接对他们下判断，因为人们通常不希望你对自己生活的看法影响他们对你的判断。

那年圣诞节后的几天里，天气异常温暖。阳光和近八十华氏度①的高温愉快地颠覆了他们日常的作息习惯。洛蒂大部分休息日都在车库工作室里画画，而早上在她醒来前，比利都会开着他那辆一尘不染的卡车去萨卢达县的一个商店，在那里跟人闲聊上几个小时，偶尔也会卖点东西。下午三点左右，他开车回到波卡洪塔斯大街上的小房子，做三明治和咖啡，然后等洛蒂停下笔来陪陪他。他们在岸边的碎石堤上放上两把破烂的尼龙折叠椅，天气好的时候，比利会脱口而出："那么，我们就在户外用膳吧。"洛蒂一听就会笑到飙泪，因为有时候对她来说，世界上最好笑的事就是比利故作文雅，其实他不常这样，他这么做只是因为她一笑起来，他就会爱她爱得超乎自己的想象，而且哪怕她有时是在嘲笑他，他也毫不介意。

如果天凉或者天冷，他们会坐在加了落地窗的门廊

---

① 约等于摄氏26度。

上，坐在比利做的阿尔岗金族印第安人椅子里，椅子之间有个小小的煤油加热器散发着热气。洛蒂夏末开始创作一幅新画。她没有对比利谈起她的画作的具体细节，他也没怎么打听，只是问一声“怎么样，亲爱的?”，不管她怎么回答，他似乎总是知道该说什么。如果她感到沮丧，他会鼓励她；如果她很兴奋，他就会简单地说上一句“好。挺好的”。比利不太懂也不太喜欢艺术，但她不需要也不希望他说出其他话，因为他知道她有着真正的天赋。他知道这一点，因为他曾听她说过一次，尽管她说话的样子并不自得，而像是要说服自己相信这个事实，一个如果不说出来就容易被忽视的事实。她说这话的语气就像是一个人轻声细语地说：九月它有三十天。① 因此，他没有理由怀疑她，因为他们在一起的每时每刻，波卡洪塔斯大道上的这房子里没人撒谎。

十二月那个温暖的日子的前一天晚上，比利又“唱歌”了。当他醒来时，洛蒂紧紧地抱着他。他隐约记得梦中的恐惧，但一感觉到她的身体紧紧地贴着他，他就忘却了恐惧。他的汗水浸湿了床单，让他尴尬了一会儿，因为他喝醉了有时会在床上撒尿。但接着他想起他

① 童谣“The Days of the Month”的第一句。

不会再这样了，也不必因为他曾经这样而尴尬，因为如果洛蒂想知道的话，他会把这事也告诉她。早晨已经很暖和了。他们俩都不太在乎那潮湿的床单。

洛蒂说："比利，你没事吧？"

他朝她转过身去，也抱住了她，作为回答。直到他们互相拥抱的力量达到毫不费力的平衡，他们感到自己最终目的就是永远保持这种状态。她觉得自己有点喜欢他的大肚子了，于是咯咯地笑了起来。"怎么了？"他问道。她告诉了他。他也笑了。他们一整天都在做爱，当太阳在他们身后渐渐落下，他们就出门去，跳进切萨皮克湾辽阔的绿色海面。

尽管天气暖和，水还是很寒凉。他们赤裸身子，自由极了。他们彼此深爱对方，尽管两人都懒得说出来。这样不可否认的事实似乎没有必要说出来。他们的手划过水面，泛起一道蓝绿色的光芒，水在身下流淌，他们的身体也亮了起来。那天晚上，他们在冬夜繁星下畅泳。

新年到来时，洛蒂完成了她的最新画作。他们住进了里士满的杰斐逊酒店进行庆祝。他单膝跪在大楼梯的顶端，洛蒂大笑起来，比利非常高兴。二月，他们在魟鱼角社区搭了护墙板的小教堂里结了婚，没请客人，但也没觉得仪式就逊色了。到了三月，她就要死了。

第九章

除了最极端的情况，所有人在战争真正结束前就知道它已经结束了。一八六三年七月葛底斯堡战役之后，南部战场上的士兵们开始回家。起初是几天、几周或几个月内三三两两地回，最后，在战争的最后阶段，人数不断增加。一八六四年年底寒冷的日子里，天天都能看到独自安全回家的人，或者一队任由自己活得不似从前的衣衫褴褛的人。有些人是步行来的，远远看去，帽顶就像冬日里一座灰色的山丘。其他人则坐在马车的后面，下来的几天，马车将这些人送到无名的十字路口，送到朴素乡村教堂的白色漆墙前，还有个别则去到不见人迹的地方。但他们的回归是不可否认的。虽然李将军仍然挥舞着南方的星条旗，但这并没有像以往那样给人们带来希望。约翰·塔尔博特也朝着自己的家走去，但走得很慢。战争肯定是结束了，他的工作却没有结束。

一八六五年初，詹姆斯河和阿波麦托克斯河之间的地带降雨持续两周。旧铁锤色的云低垂在天空中，有时他不得不克制向上伸手顶住不让它们压下来的冲动。他跟随着战斗的声音向西行进，在泥泞地的第二茬庄稼里，停下来翻捡有价值的东西。四年来，他把手表、戒指和金属纽扣卖给从彼得斯堡到温彻斯特各地的当铺掮客。他从僵硬的尸体的牙齿上收集黄金填充物，把鞋子卖给路过的军队，或拿鞋子跟赤脚流血的逃兵交换，换取他们逃亡路上随身携带的最后一些珍贵物品。去年夏天彼得斯堡围困战①之后，他把弹坑里挖出的一车骨头带到弗雷德里克斯堡的一家肥料制造商那里。那堆骨头太高了，约翰觉得像在八月的太阳下投下了一百码的阴影。“这些只是马骨头，对吧，年轻人？”付钱的人问道。约翰回答说，他相信这些骨头以前就是马，但现在它们是骨头，骨头就是骨头，他到底想要不想要它们？

他收集了一些照片和他看不懂的信件，都放进了他在蔻德哈珀②从一个北方佬身上扒下来的一个包裹里。有时到了晚上，他会把照片举到火光下，寻找与西班牙吉姆相似的人，但他没有找到他或任何长得像他的人，即使找到了，他也不知道自己会做什么。在西班牙吉姆被那个黑发男人杀死后的那些漫长的夜晚里一直帮他取

① 1864年至1865年间，联邦军包围彼得斯堡，联盟军进行了9个月的战壕战。

② Cold Harbor，里士满郊外一处战场。

暖的那条狗仍然跟着他。这狗再也没有名字了，尽管有时他会试着去喊不同的名字，看看能否帮他记起它当年的名字。那时它坐在河边，看着他把河边光滑的鹅卵石放进老西班牙吉姆的口袋里，好让他沉入渡轮码头附近的水底。这些日子它会消失一个星期，有时甚至是两个星期，然后他会在前头四分之一英里外的地方看到它从一条乡间小路边的一片荒野草地里冒出来，尾巴残端热情地摆动着，脸上却是一如既往的冷漠。

三月，他们一起坐着马车，从涨水的阿波麦托克斯河上一座废弃的浮桥过河，它的前爪在他脚边的马车木板上摊开。他觉得自己从来没有到过南方这么偏僻的地方。他给狗披上一件多出来的油布夹克。他渡过因降雨暴涨的阿波麦托克斯河那褐色河水后不久，就遭遇了毁灭性的战斗。他躲了起来，直到战斗进一步向西推进，直到死者安静下来，生者走向另一种死亡。然后他就可以平静地拾荒。

雨停了。记忆中的冬雨和灰色的天空都已消失。鸣声婉转的鸟儿在松树间掠过。他用力拿石头去打松鼠，想跟狗一起吃，但一只都打不到。它们唧唧吱吱地嘶叫着。母狗和小鹿在笔直的树间飞奔。感到无聊的时候，狗有时会跟在它们后边跑，然后难免羞愧地回来趴到他脚边，呜咽着。

他醒来时发现阳光从松针间照射下来，地面潮湿又坚硬。那条狗一大早就走了。他倾听战斗的声音，但什么也没听到。树林里他的藏身处外面，田野上雾气蒸腾。他套上鞋子，穿上衣服，走进了几个月来他能回忆起的第一波温暖的空气中。他俯视着通向西边的道路，没有看到任何动静，只有车上捡来的东西来回晃荡的声响，填补了弗吉尼亚州春日的寂寥与宁静。他转身备好车子，骡子吃着他准备的干草，耳朵左右抽动着。突然一个声音响起，骡子的耳朵向前支楞了起来。

“你在这里干什么？”

约翰转过身，看见一个穿着南方军服、与他年纪相仿的男孩。敞开的外套底下是一件没系扣的红色方格布衬衫。他露出了光滑的胸膛，金色鬈发上没有帽子，鼻梁上架着一副圆框眼镜。男孩走近时，约翰可以看到其中一块镜片上有一处星形的裂缝。“我打算从这里继续前进。”他说。

“你有什么装备？”

约翰继续把骡子和车准备好，打算出发。他们一直站在大路中央。“我没有什么装备。我只是打算沿着这条路走。”

男孩走近了些。他右腰上插着把手枪，左手握着一把弯曲的大刀，随意地垂在大腿旁，他好像从来都不觉得要把它装进刀鞘里。“战争已经持续了很长时间，我还没有选择任何一方。”男孩说。

“不久前他们来签了我，几周后就把我给打发了。他们说我没有当兵的头脑。”

约翰天生就有些不知恐惧，他愿意尽可能诚实地回答男孩的问题。这并不是说他勇气十足，而是因为他无法将自己的思想集中在任何人际互动的细节上。因此说话的时候，他一直盯着男孩的眼睛，盯着他眼镜上破裂的镜片。这块镜片在阳光折射下，有时看起来像一颗向地球飞来的星星，有时则由于镜片细缝中的红色血迹，而看起来像一朵玫瑰。

“你为什么那样看着我？”男孩问。

“我们就谈谈，”约翰回答说，“我这么看你没有什么特别的意思。别人告诉我，聊天就该是这个样子。”

男孩在裤腿上来回摩挲着刀尖，好像在搔痒。“不，你这样子就像我欠了你什么。”

“我们从来没做过交易啊。这不是你想的那种表情。”

“我告诉你吧，”男孩厌恶地说，“你最好别再像个北方佬那样看着我，活像我没去做该做的事情一样。你跟这些该死的黑鬼一样坏，好像我欠了别人什么东西似的。”

约翰走回头去给车套上索具。他扭过头说：“我马上就走。”这时他感觉到刀片刺进了他脖子后面的皮肤，然后感到男孩又再加力。伤口灼热，就像那男孩在上面点了一根火柴。一股温暖的血从他的肩胛骨间流了下来，他感到男孩在他耳边喷出的鼻息。

“你现在不能走，该死的！”

那条狗朝男孩的左侧低吼着。约翰感到刀子从脖子上掉了下来。金属从皮套里快速拔出来的刷啦一声，接着是“砰”的一响，顿时让他迟钝的头脑回荡着那尖锐的声响。血顺着他的脖子后面流下来，在肩上淌成一道道细流，滴落在他的胸口。他转过身来，看到那个男孩的嘴巴冲着他愤怒地一张一合，但他什么也听不见，除了充满他整个身体的天外之音。男孩把手枪对准了他，而约翰仍环顾四周寻找着声音的来源。他看见狗躺倒在车前，死了。它似乎是冲着男孩猛扑过去，结果下颚中弹，整个都被打飞了，舌头耷拉在道路上血淋淋的泥土里，那里本应该是它搁着下颚的地方。约翰仰望天空，起初以为声音可能来自东边，但后来觉得似乎来自西边、南边、北边，甚至从他脚下地心深处传来，有人对他说过地狱就在那里。

当四周的声音再次钻入他的脑海时，那男孩还在冲他大喊大叫，要他滚回自己的地方去，远远地离开这里，回到他归属的地方去。约翰不知道那是哪里。他没有地图。这辈子他从未在屋檐下安眠过，除了在弗吉尼亚步兵部队的那两个星期，后来他们说他不适合当兵。他走到狗的跟前，把它抱起来，放在平板车上，用它的爪子捂住它被打烂的口鼻。这条狗晚上有时会躺在他身上帮他取暖，偶尔还会舔走他脸上的尘灰。他跳上座位，轻扯缰绳，直到骡子从他们来的路上走开，离开那个戴着破眼镜的男孩。这个男孩用刀扎了他的脖子，射杀了他的狗，声嘶力竭地尖叫着，说他不欠这个世界一分一毫。

约翰·塔尔博特把他的车赶到了去往切斯特菲尔德的北行公路上。他想让那个灰眼睛的姑娘知道，她的狗死去的时候并不孤独。任何通情达理的人都会承认，这个标准很低，也许低得让人难以置信，但要做到最好只能这样，要比曾经的自己更好，则需要我们曾经做得更差。他的车不空，但几乎是空的。他把狗抱起来放在脚边，对从战争中无数死者身上收集来的东西再没有了兴趣。

他穿过阿波麦托克斯河，经过几天前他踏上南下之路时穿过的同一座废弃浮桥，然后停了下来。狗的眼睛怪异地睁着，左边的那个洞大得令人困惑，光线透过它漫射过来，仿佛它的死带来的影响深远的打击不是发生在过去，而是精心地被永恒固定在当下。它的右眼有些下垂，约翰觉得这眼睛似乎在那原本宜人的春风中眨动。虽然他没有敏锐的洞察力，但他很肯定无论自己看不看它，都能感觉到眼睛在眨动。但他再也无力去查看它余下的伤处。尽管赶车的时候，他有时还是会低头去看它，看着它身上的血迹，那图案与他的大衣纹路相近。奇迹的是，他的头脑让他免受了最大的惩罚：理解。他走到车后面，寻找比油布夹克更结实的东西来遮盖它。经过一通翻找，他在几个月前从一个不知名的战场上找到的十三把骑兵军刀下面翻到了一条联邦军的毯子，当时捆着军刀的是一条鲜红的丝带。他把猎鸟犬裹在毯子里，用红丝带绕着它，打了个蝴蝶结。曾经有个可怜的傻瓜用那条光滑的丝带去扎马裤的裤头，如果约翰没记错的话，那人后来在彼得斯堡郊外的地里被杀了。他把裹在毯子里的狗放回他脚边的车板上，轻拉缰绳，马车继续前进。如果约翰有理由想起彼得斯堡，换作另一天他可能会说，他在那里拾荒收获颇丰。但他也搞不清为什么要说这些。事实很简单：在地球上任何地方都不会有人相信，死亡之中亦有尊严。

两天后，他越过切斯特菲尔德县边界，然后经过了那些矿，那里距离渡轮码头或通往码头的道路至少还有一个小时的路程。他看着矿工们一个接一个从竖井里钻出来，就像从匆忙挖掘而成的坟墓里爬出来一样。大多数人两腿僵硬得像生锈的锁头，跌跌撞撞地走上空地后，都把手举到额头上片刻。因为即使是夜晚转瞬即逝的光线也足以使他们失明。他们这样从完全的漆黑中冒出来，鹤嘴锹砸在石头上迸发出的火花，对他们而言都像闪电一样短暂而明亮。这些漆黑如炭、很快融入夜色中的人伸展身体，从大桶里舀水时，也一直点着蜡烛。烛光轻灵地摇曳在建筑物附近、起重机和滑轮周围以及井架下。一些人开始往头上泼水，但那时天已经太黑了，看不出洗净尘土之后，他们身上是否穿着衣服。

约翰在另一块空地上宿营，睡在自己的车下。这块地跟之前那一块没什么不同，却是一片废弃之地。它从森林里冒出来的方式和其他地方完全一样：砍掉足够多的树，把起重机拉进去，探测地面，再把竖井沉下去。树桩很多。肥沃的棕色土壤翻腾成一条条红黑的泥沟。

砍伐了一半的树悬在半刨过的原木上。一条小溪流过，泛着一种微粒状的黑光，冒着尿黄色的泡沫。但是约翰睡得很好。

第二天早上，他往山下走，爬过煤矿周围荒凉的小山丘。不久之后，他离开了稀疏的树林，俯瞰着烧焦的平坦烟草田，然后望向那个用精美的刀刺向西班牙吉姆的人所居住的白色豪宅。约翰不知道哪里可以找到灰眼睛姑娘，但他认为住在那么大片土地上的人一定知道附近小小的地方所发生的事情。

罗尔斯正在外头修着篱笆，他看到远处男孩正赶着骡车沿通往博韦种植园的雪松车道走近。他朝门口走去，那里也有一个人在修篱笆，罗尔斯正好赶在骡车上的男孩身后到达那里。

“怎么回事？”罗尔斯打招呼说。

那人右肩上搁着一个锛子，左手拿着帽子，用前臂摩挲着前额，好像这个手势可以帮助他理解这个男孩的废话。“我不知道他在说什么，罗尔斯。他说他有一条小母狗要给这儿附近的一个姑娘，他想把它带给她。但我没看到狗，他指着的是那条裹得像生日礼物一样的毯子。我告诉他勒瓦洛伊先生不喜欢闲人在这里游荡。”

男孩起身，动手去解毯子。罗尔斯和那人面面相觑，都不知道那男孩在干什么。一只有棕色和白色斑点的爪子从毯子里滑落。“噢，见鬼，罗尔斯，”那人喊道，“他想把一条死狗抱到艾米丽小姐跟前！”

约翰打开毯子时已经尽可能的小心。那条狗躺在浸满鲜血的毯子上，两眼茫然地盯着里士满。

男子急忙往后退，结果被自己正在处理的一小堆雪松柱子绊倒。他看着罗尔斯说：“不，先生，不，先生。我再也不会掺和这些事了。”然后他转过身，跑向需要修理的篱笆的另一端。

该死，罗尔斯想。这孩子看来会给我惹一堆麻烦。“好了，伙计，”他说，“我要告诉你，我要你现在好好听着，没有人愿意看到这样子的东西。”

但这孩子的举止有点可怜，就好像不管这条狗遭遇了什么样的暴力，它残破的身躯瘫倒在毯子上，就像一座房梁衰朽轰然崩塌的房子，而他所展现的行为既充满深深的悲伤，也很有必要，至少男孩自己是这么看的。罗尔斯正寻思着摆脱他的方法，男孩身上的某些地方开始让他觉得熟悉起来，也许还有狗，如果它不是这么面目全非的话，他可能会更快地认出它。罗尔斯想，这个男孩可比一盒榔头还哑笨。接着他想起以前见过那张脸，那脸永远像要发现世界真实的面目是悲伤和孤独，即使我们生活在自己所爱之人当中。他的双眼呆滞无神，嘴巴张开，口角歪斜。那男孩有规律地喘着气，气息很浅。罗尔斯想起很久以前自己藏身的渡轮码头的草丛，詹姆斯河的涟漪中泛着篝火的火光。讷丝去到了冰面的那边。他不顾一切想找到她，却陷入了更深的绝望。“我认识你吧，孩子？”罗尔斯问道。

“也许是的，”约翰回答，“有时候人们会说认识我，但我不太分得清黑人。”

“那个默伦琴老人在渡轮码头被杀时，你和他在一起？”

“他那时要教我如何撑平底船。”约翰直截了当地说。

“我知道多数人都认为他为人正派。”罗尔斯说。

约翰的嘴一直张着。他快速眨了几下眼睛，好像醒了过来，脸上却毫无表情。男孩在座位上扭动的时候，罗尔斯看到他衬衫背面像锈斑一样结块的血迹。

“你身上是那条狗的血？”罗尔斯问道。

“不。我当时在南边，正在捡东西。我遇到的那个家伙生气了，把刀刺在我身上，又开枪打死了狗。”约翰转过身去，背对着罗尔斯，把脖子后面的头发掀起来，给罗尔斯看看那男孩给他留下的伤口。

“该死的，你把那条狗像礼物一样包了起来，却没想到要包扎自己的伤口?”

“嗯，有些人说……”

“嘘，让我看看。”罗尔斯用手指轻轻地抚摸着那丑陋的伤口。本来可能像测绘标记一样笔直的伤口现在变得参差不齐。伤口覆着很多尘土，看不出哪里需要照护。

罗尔斯觉得这个男孩已经好几个月没洗澡了，也许时间还更长，他身上那股味道已经说明了这一点。罗尔斯从口袋里拿出一块破布，尽可能轻地擦去约翰脖子后面的污垢。血都凝结了，流脓的伤口上的皮肤被血粘在一起。“你知道留下这么个伤口不处理的话会死吗?”

“以前没被人刺过。”

“我会找人帮你检查一下，这样一星期后你才不会死掉，然后变成鬼回来折磨我的良心，”罗尔斯说，“然后我们得去把狗埋了。”

***

像汤姆·菲茨杰拉德上校这样的人很少在战前来到弗吉尼亚州的这一地区，但就在罗尔斯和约翰·塔尔博特将最后一铲土撒在艾米丽·里德在儿时唤作“冠军”的那条猎鸟犬身上时，这位来自马萨诸塞州福尔河的年轻参谋从帐篷的开口钻出来，从他栖身的教堂墓地望向散落的田野和松林。一位信差在他品尝早间咖啡的时候打断了他，消息来自他的上级，要求他立即前往华盛顿。

在这个历史节点往前数十年或往后数十年，即使最不经意的旁观者也会觉得奇怪，一个像托马斯·杰斐逊·菲茨杰拉德上校这样年轻的人，居然会被指派管理一个像这座县这么大的地区。研究者估计，他当时大概才二十二岁，但不管从哪个意义上来说，他都成了北至詹姆斯河、南至阿波麦托克斯河之间四百二十三平方英里叛军领土的唯一统治者。但这就是历史的特殊性。在一八六五年四月下旬的那一天，当他乘火车来到里士满的废墟，从车站走到街上，走向等候他的马匹时，任何人都不觉得特别奇怪。他骑马向南行进数小时，前往被废弃的县政府大楼，那里将是他的新政府所在地。对于那些看到这样一个年轻人骑马去往政府大楼的人来说，这似乎并不奇怪，因为我们眼里的陌生，并不是以过去的样子或将来的事件作为参照物，我们衡量的标准是我们已经习惯的事物。这么多年县里的居民早已知道，如果一个人需要去担任这样那样的角色，那么他可以很年轻或很老，也可以很矮或很高，这没什么奇怪的。我们从我们拥有的任何水井里打水，也许有人会说，多小的井都无所谓，因为缩小的事物也可以满足我们的需要，即使我们需要的是秩序。不管怎样，在很长一段时间内，能让这片备受蹂躏的土地上的居民觉得意外的，是居然还有人能活下来。

如果说有人适合难民、自由民及被弃土地局①的这一职位，那一定是菲茨杰拉德上校。他的上司曾说过，因为他在所有事情上都表现出一丝不苟和公正的本性，那在四年前他开始投入战争之处不远的地方结束这场战争，对他来说不正是一个和谐的结果吗？在南下的火车上，他看到窗外连绵的松林不时断开，出现一片开阔地、一个被毁坏的农场、一座被拆倒又几乎被重修好的桥，这时候他想到了统治他的一切都被拆得只剩下了脚手架，他所能理解的那些规则以及被允许的行为都是如此，因此他卸下了是非的重担。好坏都一样，他都放下了，他甚至还记得那是什么时候。

和他的许多同事一样，他的委任是很偶然的，或者在汤姆·菲茨杰拉德看来，这次委任是一个超负荷运转

① 简称“自由民局”（Freedmen’s Bureau）。南北战争后（1865），美国政府设立的旨在为重建美国南部服务的机构，主要职能是为被解放的奴隶提供福利。1874 年被撤销。

的系统的副产品。他们在整个南部行军了数周，摧毁了任何能让叛军生存下来的东西。他自己射杀或砍死了十几头猪，点燃了火把烧掉了大大小小的烟草地和房屋，把南方邦联军士兵和北方联邦军逃兵都吊死在最近一棵树最高的树枝上，直到所有的土地彻底荒废。一路上，他的许多同伴都死了，还有的或受伤，或生病，或接二连三地生病或受伤。他们常常被遗弃在经过的田地的一隅，自生自灭。他们已病得很重，再也记不起什么死亡的尊严了。

但后来他们来到了似乎没有受战争影响的一片地方，一座房子仍然优雅地耸立在山顶上，一排亚麻布衣服在微风中飘扬，像一百面休战旗帜。剩下的人都被安置在这座像杀菌剂似的房子里。负责的军官交叉双臂站在那里，脸上微微有些不安。尖叫声从房子里传到他们跟前。他们纵马驰骋，玩射击比赛。一个十几岁的女孩被剥得只剩下底衣，然后被赶进一个谷仓。在里头她用仅剩的力气拿起干草叉抵挡袭击者。汤姆试图找到一个能说服剩下这五十多人的关于战争是非的论据。这些人充满了愤怒，他们觉得自己的洞察和内省这么多年来被证明为毫无用处，因此弃之不理。心知这一点的汤姆说道：“这是不允许的，长官。”

而军官只是笑起来，说道：“去吧，菲茨杰拉德，你也去找个来玩玩。”

汤姆考虑了一会儿战争法则之间的细微差别，最后说：“那好吧。”然后把手放在军官的后腰上，拔出那人的手枪，朝他的前额开了一枪。他不得不射杀另外两名执意要按自己的方式处置那姑娘的男人。当一切尘埃落定，他对那些像教众一样包围着他的人说：“我们有所为，有所不为。”然后他向门廊上还拿着火把的十几个人点了点头。“我们是接到过命令的。烧掉它。把一切都烧掉。”他说。

他们离开农场时，农场上的一切与他们看到过的和将要看到的毫无分别，因为他们是世界上一股平衡的力量。他们身后那些处在半暗半明光线中的人目瞪口呆，这个地球上有时候被误认为是正义的东西让他们吃惊。他们现在都成了穷人，听任自己和他人一样受苦。而汤姆冷静又轻松，他对自己的角色有了一种新的清晰理解，这个角色确切纯粹，毫无怜悯。

这就是那个骑在马上的衣着朴素的黑发人身上所隐藏的秘密。当他沿着布满尘土的收费公路前往他在县政府楼里尚未得一见的住所时，他的制服正存放在北边一家寄宿公寓的衣橱里。他把马骑到十字路口那几栋建筑的远处，心想，他所遇到的每个人各方面或多或少都像他，除了那些表面上的东西。让这些表面的东西来决定统治他们的方式，该是多么轻而易举啊。但不行，他有经验，他们也有；毕竟他们和他是一样的，对吧，只是生活的规则和习俗不同罢了。他有什么资格决定该怎样对待他们，说不定给他不同的规则，他自己也会成为一个不同的人吧？想到这里，他下了马，把缰绳绕在政府大楼前院的一根柱子上。政府大楼还在修复中，样子让人沮丧。但他提醒自己，他不是来惩罚任何人的。也许他们中的一些人应该受到惩罚，当然也有一些人已受到惩罚，因为如果规则规定了惩罚的可能性，人们可以认为那是因为有人应该受到惩罚。但惩罚他们不是他的职责。他只是建立和执行新规则的工具，简单明了的传道者，完美不变秩序的拥护者。

他走上了简陋的政府大楼的门廊。几根朴素的柱子支撑着雪松屋顶。隔壁一座低矮的监牢凸起在草地上，像花岗岩上的褶皱。他办公室的布置让他根本不想对其做出重大改动：一把椅子和一张似乎是为许多孩子设计的木制书桌，一幅杰斐逊·戴维斯①的肖像挂在一个装

① 1861 年至 1865 年的南北战争时期担任南方联盟国“总统”。

饰过度的壁炉架上。一扇窗户旁边歪歪地挂着威廉·伯德二世的画像，尽管在他到达的下午，在朝西的窗户涌进来的光线中，他很难看清这幅画。他独自一人，手下和其他公职人员也会跟过来。如有可能，他们将从当地居民中雇用教师。各种争端都将提交给他裁决。他就是法律。尽管他跟所有人一样，对自己的能力表示怀疑，也许对此他比大多数人更诚实，但他认为比起以前的法律，法律的缺失都算是一种进步。他从壁炉架上取下戴维斯的画像，将它翻转过去靠在墙上，这样他就不用看着他了。伯德的那一幅似乎没那么立刻让人反感，因此由它挂在那里，在困惑中俯瞰他为把这个县还给国家所做出的种种努力。

他的第一位客人在当天下午到达。县治安官帕特里克·里弗斯不加宣告就走进了他的办公室，随意拖过一把扶手椅，放在汤姆桌子的对面。汤姆正在阅读一份由陆军部一名职员为他起草的该县详细情况的评估报告。他好奇地抬头看了看，发现对面那个人看上去其貌不扬，有点胖，可能比他大二十岁。他头发油腻，帽子底下太阳穴处的头发是灰色的，很明显进大楼时他忘了脱掉帽子。这名男子一屁股坐在软垫椅子上，把脚架在书桌的一角。此时汤姆已经把手枪对准了他，手枪架在一堆排列整齐的文件上，就像一个镇纸。片刻前，这些文件还占据着这位年轻上校全部的注意力。

“妈的！”那人喊了一声，从座位上跳了起来，“你还不知道我是谁，就要把我打倒吗？”

“我很可能会的。”汤姆说。

“我是这个地方该死的治安官！”

“那是什么地方？”

“什么……什么？”里弗斯结结巴巴地说，“我是正式任命的，代表着切斯特菲尔德县的法律。”

“你的权力已被撤销。”

“见鬼。我持有管辖权，对两种事务……”快到五月了，天气还不暖和，但他从椅子上跳起来，再加上努力回忆自己责任的确切表述，结果汗流浃背，“民事和刑事事务。

“曾经有。”

“什么？”

“曾经，我说了。是过去时。”

“可是，先生，您瞧。我敢打赌，我是这些地方第一个进行林肯的大赦效忠宣誓①的人。”

---

① 1863 年 12 月 3 日，林肯发布《大赦与重建宣言》，宣布赦免进行效忠宣誓的参加过叛乱的南方人。

“你肯定也是的。”在汤姆看来，他就是个见风使舵的人。

“我这辈子从来也没有拿起武器对付像您这样的北方佬。”

“我看得出来。我想我们也都知道，如果你真这么做了，下场会很惨。我的枪在桌子上，你的枪在枪套里，这个足以说明问题了。我们都非常清楚，我的名字是托马斯·菲茨杰拉德上校。李①已经投降了。你现在不是什么正式任命的执法官，你是一个居住在占领区的人。如果你再次持枪闯进我的办公室，我会杀了你。”

“你这医生对病人的态度真够安慰人的。”里弗斯警长说，又一屁股坐到椅子上。

“我不是来帮你治病的，”汤姆回答，“干你的事去吧。”

“我只是来递个消息的。”

汤姆伸出左手，在桌子上方摊开掌心。

里弗斯看到年轻军官的手和左眼都有轻微的颤动。然而右手轻松地搁在桌面上，手枪的木制手柄就在手边。他把勒瓦洛伊交给他的信拿了出来。

① 指罗伯特·爱德华·李，南方军司令。

“谢谢你。”汤姆说，把手枪插回枪套里，拿起一把精致的银制开信刀裁开那封信。

里弗斯等着对方再说些别的话，但他并没有，于是他起身离开，又在门口停下来说：“希望您不要误会，菲茨杰拉德先生，但你最好有些记性。”

汤姆的眼睛从手上的信笺后面稍稍露了出来，这个叫里弗斯的家伙散漫的时间观念让他恼火。“记得什么?”他问道。

“在大地上的某个地方，”前警长说，“肯定有爱你的人，但他们不在这里。”

第二天，菲茨杰拉德备好马鞍，在一名值得信赖的警佐的照料下离开了县政府。去博韦种植园的路线简单明了。在他到达之前，他在地图上标记下即将被他管辖的著名南方军将领和重要人物的住所位置。当地人看到他宽大的骑兵帽下茫然凝视外界的目光，但谁也看不出他的意图，他正在修正他对这片土地的理解，完善着他将此地重新纳入这个国家的计划。

当然，他知道自己至少在理论上仍然处于危险之中。当别人告诉他华盛顿的上司建议他外出进行评估时带上武器和一二十个好手，他说他会慎重考虑。汤姆不觉得这个世上还有那么一二十个好人①，而且他觉得如果把候选人限制为军队现役人员的话，他找到好人的机会几乎为零。不管怎样，他想，他已经面对过真正擅长杀人的南方军士兵，他们依然没有倒下。因此，本着一个士兵听天由命的现实态度，他决定将听他调遣的资源留着另作他用。

他骑马的时候突然想到，自从到达弗吉尼亚州以来，他还从未见过任何奔跑的野生动物或飞翔的鸟类。童年的时候，他会看着烟灰色的浪涛屈服于风，消逝于纳拉甘赛特湾②的石头海岸。有一次，在一个阳光明媚的温暖七月天，他花了好几个小时看着一头座头鲸腾跃着游向大西洋。他摊开四肢坐在岸边的一块岩石上，目送这头巨兽远去，消失在视线之外，然后又一直待到夜幕降临。最后，当一切变得冰凉又安静，除了星星之外周遭一片蓝黑的时候，他啜泣起来。冬天来临时，他依然伤心欲绝，尽管他不知道为什么。有时，他会研究那些巨大的冰柱，它们危然垂悬在奎奎昌河③畔挤挤挨挨

① 上文的好手也有好人的意思。
② 罗得岛州东部海湾。
③ 福尔河支流，“奎奎昌”在印第安阿尔冈昆语中意思为“奔涌而下的水”，河上有 8 处落差较大的瀑布。福尔河流域 19 世纪时为美国领先的纺织品制造中心。

的纺织厂的屋檐下，他隐约希望一个或多个冰柱会落在他身上。似乎地球上的生物只会因异常的暴力行为而退缩：一片完全被工业所征服的土地，或是规模与其相等的战争。绝大多数人对世界各处所发生的更为私密普通的暴力现象漠不关心：夜晚灯火通明的谷仓里的鞭打，卧室紧锁的门后被一只手捂住的绝望哭喊。因此，必须说，去博韦种植园的旅程让他甚是吃惊，沿途他听到的是普通鸸的啁啾，一头母鹿的哀鸣，他看到一群白尾鹿突然昂起头，冲进树林里。对每一个生灵的忧虑，都留给了伴随其一生的独有的伤痛。他身上某种衰弱了很久的东西又复活了。他的部队第一次南下似乎是很久以前的事了，那时他带来了一本日记，空白页用来记录自然界的一些景象。但他什么也没有记录下来，他的笔没有捕捉到任何奇特的动物，他也没有费心去描述或勾勒把南方四月末的日子变得绚丽夺目的花草树木。他从战争中走来，感觉就像是走出一个记忆模糊的梦境。而这个本子依旧一片空白。

对他来说，无法挽回的事情如此之多。他的父母已经死了，虽然他毫不知晓。在他离家的三年多时间里，他们被埋葬在葡萄牙移民的坟墓中间，这些人死于流感、饥饿、思乡或其他一些离乡背井的人常见的致命疾病。现在他们的墓碑都是一个样，不同的只有名字和生卒日期，打破了墓地登记册上的规律：席尔瓦、阿尔梅达、费尔南德斯、菲茨杰拉德、安图内斯、赖斯、马尔克斯。如果上校能回去的话，可能会说福尔河也不一样了。但是他没有回去，回到家乡的只有他所写的几封信。甚至连这几封信也没有寄达，全都躺在上了年纪的邮递员的办公桌上。邮递员从午后的小憩中醒来，打开信件，也许就着厨房炉子的光线静静地读着它们，您的爱子从乔治亚州或田纳西州的某个地方寄来，然后是写信人对梦境的描述，母亲，我整夜梦见自己跑得太慢。或者下一封来自彼得斯堡城外，妈妈，我整夜梦见自己被抓住，无力地挥舞着拳头。或者来自北卡罗来纳州，妈妈，我的梦里总是一片漆黑，牙齿掉了下来。邮递员读到第一封信时，开始感到深切又朦胧的哀伤，随着下午时光的流逝，悲伤更甚。正如那天晚上他对妻子所说的那样，他的悲伤缘于一个事实，那就是像这样的想法必须被记录下来。

第十章

乔治尽量帮洛蒂指路。通向兰伯顿的东行道路崎岖不平，车子颠簸得哐当作响。他对以前的生活只有些片断的回忆。但这里让他觉得很熟悉。一个地方的气味是永远不变的，他心想。在内心深处，他感受到黑色的河水又回到了他面前，柏树上垂落的苔藓像花环一样，好像在欢迎他。他们驱车行驶在搓衣板一样的路上，他觉得这些路他是认得的。他吹了一声口哨。夏日艳阳照耀在林叶间。“我们现在远离人烟了，姑娘。”他说。他们离开剧院时遭遇了暴风雨，他的喘息更厉害了。

“您没事吧，塞尔顿先生？”洛蒂问道。

“都是这天气给闹的。”

他们转错了路口，驶上了消失在沼泽边缘的死路。他们搜寻着，阳光透过树林落在了黑色的河面上。几个小时后，明亮的圆月高挂在无云的夜空。“应该就在附近。”乔治说道。他们在另一条小路上坐了一会儿，车空转着。重新上路后，他让她把车开到一条杂草丛生的小路上。车轮在马车车辙一样深的凹槽中颠簸前进。他们来到了小径尽头，在他们前面，车灯的远光中立着一座年久失修的小屋。洛蒂把变速杆挂在停车档上。乔治打开副驾驶座的车门，她走过来扶他下车。

“是这里吗，塞尔顿先生?”她问道。他盯着那个地方，点了点头。

自从他最后一次看到它，已经过去了七十五年。岁月在这个地方留下了印记。一个家需要住人才能称之为家。这就好像吵吵闹闹又相亲相爱的日子能抵得住时间和天气的侵蚀。要想让地板真正保持干净，必须先让孩子打着赤脚把地板踩脏。没有人坐在门廊下等待心爱的人归来的话，门廊的屋顶会塌陷得更快。而这间小屋许多年来错过了所有的这一切。

那扇门埋在门廊的废墟下。他们绕着房子走着，想找个地方进屋去，却找不到。墙壁斜倾，摇摇欲坠。屋顶破了几个洞。只有几扇窗的窗框里还残存玻璃，乔治双手托在眼睛两侧，从其中一扇窗外望进去，看到月光从屋顶的破洞倾泻而下。

乔治走回到屋前，又喘起了气，沉重地坐在空旷的前院之中的树桩上。

洛蒂走到他跟前，把手搭在他肩上。老人哭了起来。他所有的愤怒和失望似乎要从身体的每一个毛孔里向四面八方喷泻而出。他绝望地颤抖着。那一刻，乔治觉得，他一生努力不让自己陷入这样的悲伤，结果却失败了。有一种东西在召唤着他。洛蒂跪在他身旁的地上，两条细细的胳膊环住了他的腰。她没有说话。乔治感觉到她的手臂搂住了自己的腰，却无法分辨她是拉着他向那个在召唤他的东西靠近，还是正把他拉开。

他记忆中那座破败的房子里所有房间又都重新建了起来。他听到自己的声音在摇摇欲坠的房子里回荡，尖声细气，不曾沧桑。他觉得自己依然身处十九世纪，那时他还小，在床上又哭又闹，那个女人试图安抚他，但没能成功。

“我的父亲是谁？”他问她。

“我不知道。”老妇人说。

“我妈妈呢？”

“也不好说，尽管我知道她能读书识字。她可能很漂亮，因为有时候你的神情让我觉得应该跟她很像。”她跪在男孩身后，抚摸着他的背。男孩原本给她的感觉是天真无邪的，现在却沉浸在让人难受的极度困惑中，肯定是有过悲伤的往事。“乔治，”她说，“有人非常爱你。就像我一样。他们关心你超过了关心自己。”

“我怎么知道他不是坏人？”

“我也不能向你保证。但我知道的是，一个好男人没有父亲是很常见的。有时候一个年轻人会去追逐他父亲身上的某种气息，而这种追逐让他堕落。他们像一把步枪一样，瞄准了这个世界。但你不必去追逐，你已经被深爱着，这么多人爱着你，即使你自己察觉不到。”

这是真的，他被爱着，而且他已无所求。他离开了房子，再也没有回来。他再也没有见过那个把他养大的女人。那天，他离她而去，将柏树上的苔藓和兰伯河的黑水抛在脑后，他就成了无根的浮萍。于是他开始寻找，却不知道他希望找到的东西其实一直都在那里，有时他的嘴里还能尝到河水苦涩的鞣酸味。

他回过神来看着洛蒂，轻轻把她的手从腰间拉开来，扶着她站了起来。“我想我现在没事了。住在这所房子里的女人爱我胜于我认识的任何人，但等到我非常确定的时候再告诉她我知道这一点，就已经太迟了。”他不知道为什么要问这问题，但他认为女孩可能会有答案。“这是一件糟糕的事情吗？”他问女孩。

“我觉得不是，”她说道，“我觉得也许有时候，真真切切的事情明摆在那里，就算说出来也不会有任何不同。”洛蒂不知道是什么让一个人成为好人，也不知道自己是不是这样一个人，但在她看来，如果眼前这个人不是好人，那我们连这个词都不应该再用了。她回想起之前母亲对她的责骂，责备她坚持要掺和到这个男人的生活中去。现在她站在他面前，对正在发生的事情感到有些恐惧，但乔治的无畏给了她一些安慰。老人仍坐在树桩上。她不确定他是否听到了她的话。她非常希望他能听到，尽管她异乎寻常地确信，如果他没有听到，她的母亲和祖母会感到失望，但她没有把那些话再说一次。他垂下了头，呼吸开始沉重起来，越来越弱，每次呼吸都是出的气比进的气多。洛蒂觉得差不多是这样。她不知道自己在那儿站了多久。夜幕降临，她觉得自己像被催眠后醒了过来。

离开时，乔治不再自艾自怜，相反，他为这个世界感到悲哀。他觉得自己好像认识所有出现在他面前的名字，以及随后会出现的名字。他把名字写在呼吸中，每次呼气都是用言语之外的语言在说出这些名字。洛蒂双手交叠成杯子的形状，举到他嘴边。他再次呼气，把杯子灌满。洛蒂任由沉默包围着她。乔治说出了所有的名字，溘然长逝。

第十一章

一八六五年的四月转眼到了五月，在博韦种植园边界附近的任何人本会看到一切都变成了历史。一切在冷漠的时间进程里一直拥有名字的东西。但是冬天又回到了这个县，就像一个落下了外套的客人。一场冷雨落下，灰蒙蒙的薄雾笼罩着沿路的防风林。这条路也笼罩在雨雾之中，所以即便在路上行驶的人也可能迷失方向，就好像所有的时间和方位感都因地面上鬼祟的雾气而变得晦暗不明。他们也许会怀念每一件化为灰烬、消失无踪的东西，怀念烟消云散、徒留其名的一切，这一切甚至没有留名的理由。

天变得很快，汤姆·菲茨杰拉德上校拉着缰绳，骑着马从一排雪松中间朝房子走去。他似乎把天气的快速变化也带到了博韦种植园。讷丝待在骡厩的屋檐下，没有淋湿。她在洗衣板上拍打着孩子们的脏尿布，看着他走过来。“罗尔斯，你看见那个骑马的人了吗?”她说。

罗尔斯也在屋檐下，他一直乐呵呵地看着小乔治不顾糟糕的天气，蹒跚地四处转悠。勒瓦洛伊的双胞胎躺在罗尔斯和约翰·塔尔博特上周为她们编织的柳条摇篮里打盹。罗尔斯伸出手去摇晃摇篮，他一直觉得两个女孩都有病，她们的肤色看起来极为柔弱，在她们又大又蓝的眼睛衬托下，肌肤甚至像没了颜色。他担心她们随时都可能失明，而讷丝就会被责罚。“我看到了。”他说。

那人走近来，勒住了马。他的帽檐滴着雨水，雨帘遮住了他的脸。罗尔斯看到一把大手枪的枪托从皮套里伸出来。枪套似乎磨损得很厉害，马鞍和紧扯的马颌缰绳也是。罗尔斯的印象是，若是他能看清那人的脸，肯定会觉得这个人也很憔悴。罗尔斯用手停住晃动的摇篮，讷丝也停下了手上洗衣的活计。那人说话轻声细语，在灰暗天气的嘈杂声里，他的声音很难听清。罗尔斯走到骡厩的屋檐边上，厚厚的雨帘将他们分隔两端。罗尔斯站在骑手和孩子们之间。

“这就是博韦种植园了。”那人说。

在罗尔斯看来，那人并非在提问。但从雨中他在马上前倾的样子看，罗尔斯觉得他应该是在等待答复。“是的。”

“告诉我，他是个什么样的人。这个勒瓦洛伊？”

“我不知道我能告诉您的是不是比别人多。”罗尔斯说道，他对这人的来意很是怀疑，但他确定不论他是奴隶还是自由人，弗吉尼亚还不是一个当他被问及看法时可以有所隐瞒的地方。

“但是，我问的是你。”

“他是这些地方的老板。”

“你是说这个地方？”

“是的，这个地方。但是他在各地都有产业。”

“在全县各地吗？”上校问。

“是的，先生。大多数的田地，多数的矿产股份，还有田地里的黑鬼，矿上的黑鬼，两边的白人工人，商店，车站，以及这里再往南一些的铁路，都是他的。”

“他讲道理吗？”上校问道。

“我说不上了解他的思维方式。”罗尔斯说。

上校下了马，把缰绳系在一根支撑屋檐的柱子上，讷丝、罗尔斯和三个孩子在屋檐下没有淋湿。他向他们两人作了自我介绍。讷丝站起来，行了个屈膝礼，他握了握罗尔斯的手，没有理睬几个小家伙。他告诉他们，他是美国政府官员，南方的局势将发生变化。

“如何变化？”罗尔斯问道。他不常有资格向白人提问题，所以他在屋檐下给这个人腾出地方让他躲雨，但这个人没有领情。

“我们将再次成为一个国家。”他回答罗尔斯。

“这是件好事，但我想大多数人都不会注意到。”

“是的，我想可能有困难，”他说道，“很多叛军都是从切斯特菲尔德出来的。但是一个人来自哪里对我来说并不重要。不管他们从哪里来，我都会服从命令，把大量的南方军杀死。现在我接到的命令是确保事情尽可能顺利。”汤姆没有一直留意自己不得体的举止。他无意冒犯这位女人，于是他就把这话也说了。讷丝和罗尔斯面面相觑，似乎很想放声大笑，但他们没有笑。

“我们对你很感激。”她说道。她的意思是对站在雨中的男人表示感谢，但她的话也意味着世界往往是残酷的，这一点这个男人必定也知道，粉饰这个世界也无法掩盖它的残酷，而只是将根基挖得更深而已。她曾经告诉罗尔斯，那天晚上在钦博拉索，梦见一排排长灯笼朝奥克伍德公墓走去时，她是如何亲手掘墓的。讷丝并没有想到她梦到了这个站在她面前的男人。但不管怎样，他活生生地站在这里，就是直截了当地告诉她，她的梦已经成真，他活了下来。

汤姆在描绘变化的时候，突然感到一阵羞愧。他认为坏人就是该死，恶人之死值得庆祝。这些叛军难道不是邪恶的吗？他看到他们的孩子气得小脸通红，他们古板的太太涂脂抹粉的脸蛋因嗜血而变得快乐。这种事也有先例的啊，难道上帝不也把该隐标记出来了吗①？是谁开了第一枪，打破了他刻在圣山石头上的禁令？现在他们呼吁和解。该隐既不溜走，也不会被标记，而是再次坐到桌旁，请你把果酱递过去。有时汤姆允许自己否认这一切是正确的。但这么想对他来说很危险，因为只有在寻求秩序时，他才能很好地控制自己。这种秩序更像一条劈山开道的河流，或永远化为尘土的高山。那是一种必然发生的秩序，而不是一群又老又胖的懦夫所发明的秩序，这些人在华盛顿的木镶板房间里把世界像拼图一样拼凑在一起。他没有听见讷丝的话。他转过身去，走向有廊柱的门廊，一言不发地离开了。

勒瓦洛伊从图书馆的窗户向外望着。他是奉命而来的，他想道。他认为这是一场胜利，因为他经常把必然性误认为是世界仍然屈从于他的意志的证据。上校进来时，勒瓦洛伊打量了他一番。年轻人，他想，嫩得很，也许人畜无害，但值得关注。他站起来迎接他的客人。“我很高兴您安全抵达。对您这样的人来说，这里一定很危险。”他说道。勒瓦洛伊愿意风度翩翩的时候，还

---

① 上帝没有将十恶不赦的该隐治死，而在他的头上立一个记号保护他。

是可以很迷人的，但上校没有被迷住。两个人对彼此的评价罕见地大相径庭。

“我挺好的。外头你的那位手下说你在这个县里举足轻重。”

“他是这么说的吗？”

“你付薪酬给他们吧，我想。”

“我一直很看重好的工作表现。您可以随便找人打听去。”

“我会的，”上校又问道，“你知道我的职责所在吧？”

勒瓦洛伊往两个杯子里倒了点白兰地，把它们放在墨卡托地图下的一张边桌上，请这位官员坐下。“恐怕您要说得更具体一点。请喝一杯。”

“我什么都不要。”汤姆说。

“每个人都有想要的东西，”莱瓦洛瓦微笑着说，“这是惯例。”

“你误会了。我来这里不是为了遵守你的规则。我来这里是为了确保你遵守法律。”

勒瓦洛伊将两杯白兰地倒入一个玻璃杯中，一口喝了下去。“啊。”他说，最初对这个人的误判让他依然无所顾忌。

应该说汤姆对勒瓦洛伊也有自己的误解。他看着那个指尖捏着玻璃杯杯口的人，觉得这种类型的人他以前见过。确实如此。他见过几十个这样的人，懒散、一副清教徒的模样，很贪婪，连他人所呼吸的自由干净的空气都想要。他们都一样，把自己的农场当成王国。就好像一千英亩的大豆、烟草或棉花可以使一个人成为国王，尽管他自己十指不曾沾过泥。西部的野蛮人拥有的更多。这块土地如此辽阔，一个人十辈子都无法开垦完。在阴翳丛林里生活的亚洲人拥有更多，其中的飞鸟走兽多得更加难以形容。然而，这些人总是认为他们可以在泥土中挖出自己的沟壑，来抵御外来的权威，这使他们的抗议显得更加荒谬。他自己就很坚定，结果总是一样的。他走进他们雄伟的宅邸，而他们说的不是自己的家人或安全，他们总说些抽象的概念。他们会朝他的脚吐唾沫，说自己的荣誉不可侵犯，他们绝不宣誓效忠，他们也不愿意做些贡献。有时，汤姆发现有必要纠正他们的错误观念，让他们知道要做什么，不做什么。他会挥拳殴打他们，直到分不清浸透自己衣服的是他们的血，还是自己的汗。他会把他们带出去，带到聚集起来的奴隶面前，基本上都是一样的情况，他会对聚集的人群说，他们从一八六三年第一天起就已经是自由人了，如果从那时起，这个人还自诩为主人，那么他的罪行就需要补救。接着会是一片沉默，但一旦受到鼓励，他们就会大喊“他把我们按在马车上用鞭子抽”或“他开枪打死了埃德·杰克逊，让他烂在马槽边”。类似这样的话。汤姆将对它们做出区分。在佐治亚州，他把一个主人从床上拖下来，吊死在谷仓的横梁上，他的妻子和小孩们在一旁乞求上帝宽怜。在田纳西州，他在一户人家的门廊上枪杀了那家的主人，好让那时自由了的奴隶们看到，他们许多次用鲜血付出的代价已经血债血偿。在他离开之前，他会点火把那些白色大宅烧掉，而在他身后，总会响起歌声。

但他看错了勒瓦洛伊。他确实也是那一类人，但每一个类型中都会有些变种，他们见风使舵的速度比大多数人想象的要快得多。“我已经发过誓了，”勒瓦洛伊说道，“我不再是种植园主了，我是一个商人。”这样，他的罪名就被抹去了，即使他的罪行并没有抹去。现在他所拥有的不再局限于博韦种植园内。他所拥有的东西已经跨越了种植园，就好像根本就不存在边界，他的财产不再与任何一块特定的土地相关，而是坐落在一百个不同城市的一百间不同办公室的一百本不同的分类账簿上。所以他也得到了所有这些地方的赦免。“我们又是一个国家了。”他说道。“您不喝一杯吗？”他又问。“毕竟，我们只想得到公平。”

汤姆瞥见屋外有个男孩扛着一把钉耙。有那么一会儿，他以为那是一把来复枪。他的视线一直跟着那个男孩，一反常态地背对着勒瓦洛伊，直到男孩走开去。“我认为你不想要公平，”上校说，“说句公道话，我是想摧毁你们的世界。但正义要做的正好相反。”

“法律面前人人平等，”勒瓦洛伊说，“这就是这里所有人想要的。还有和平。我们也看了报纸，听说了大共和军①多么渴望复仇。公平待遇。没有其他诉求。”他看得出他让上校很不舒服。虽然勒瓦洛伊习惯从别人的不自在中谋求好处，但他也知道这样的不自在多么微妙。

汤姆能感觉到自己被诱惑得发抖，就好像莱瓦洛瓦先生在勾引他，引诱他像战争时那样行事。在不断加剧的怒意中，他的头脑在向他召唤，抵御本能的控制，还有他知道他很快就会无法抗拒的冲动。但是他脑子里的声音更大了，上校立刻意识到他已经让自己落在下风。他迅速转过身，看到勒瓦洛伊依然站着，只朝他走近了一步，他的手在腰带上的刀上游移。汤姆将手掌摊开放

① 北方老兵组成的军队。

低，以一种刻意又准确的手势，向他那把柯尔特新陆军转轮手枪的背带伸过去。

“立场坚定的人，我明白了。”勒瓦洛伊说着，举起双手，似乎表示他被误解了。

“这样生活就不那么复杂了。”

勒瓦洛伊把大理石桌从两把椅子中间移开，重新坐了下来。他把脚架在对面的椅子上，双手交叠在肚子上。“干吗说什么摧毁？这种话在现代世界是没有立足之地的。您要是把我们的一切都拿走，您觉得我们会怎么做？所有的人都有需要。”

“你可以拥有你的记忆。”

“这对您来说可能比您想象的更糟。但您仍然相信您能来到这里，像对待淘气的小狗一样把我们的鼻子往屎上蹭？这是行不通的。”

“这并不意味着你不是活该。”

“您说得对。确实如此。但这依然行不通。上校，我出生在弗吉尼亚州。我会死在弗吉尼亚州。我不关心对错，因为它们存在于以太世界①的某个地方，或者该

① 原本是物理学上的一个虚构概念，用来解释一些当时无法解释的自然现象。

死的新英格兰，或者你的任何来处。我会做对我和我的家人来说正确的事情，就在这里，在我居住的地方。换作其他人对自己的地方也会这么做的，包括你在内。除了我们给事物所起的名字外，什么都没有改变。您想就正义问题进行辩论吗？您还嫩着呢，上校。睁开眼睛，告诉我正义是什么样子。五年、十年或者一百年后您再回来，告诉我您取得了什么成就。与此同时，我会拿走我所需要的。”

“你想要带走什么都可以。”

“您这样子就好像随便哪个人都能分辨清楚似的。”

***

艾米丽也看见他来了。她待在卧室里，现在她的大部分时间都在那里度过。她没有被囚禁。她只是被遗忘了，但结果其实没多少不同。婚礼后，勒瓦洛伊很快就对她失去了兴趣，他的注意力几乎完全集中在新的铁路线和她家旧地上修建的火车站上。尽管她开始鄙视他，几乎和他似乎忘记她的速度一样快，但他的冷漠让她的鄙视一天比一天强烈。这种鄙视越发集中，最终与她对父亲的软弱和对她的遗弃的厌恶都集中在一个想法上：博韦种植园的男人是她渴望的自由独立生活的唯一障碍。孩子出生后，她曾有几次被迫履行妻子的职责，尽管那时她已经认识到自己是丈夫真正欲望的替代品，而且她也能无动于衷地应付过去。但他的失败很快就变成了怪罪和指责，尽管她拒绝承受这种指责，但要抵抗，心就得硬起来，艾米丽有时会惊讶于自己居然能感到心还在跳动。即使她无助又天真的两个女儿眼睛里也有她们父亲的影子。有时，艾米丽会从她们身边走开，因为她受不了自己对她们的恨意如此捉摸不定。她想象这两个蓝眼睛的小洋娃娃在她转过身去的时候，会嗤笑她。

那天早些时候，讷丝看见艾米丽在花园里踱来踱去，突然停下来用一只苍白的手捂住胸口。她的女主人迅速无声地深吸了一口气。她们彼此对视，艾米丽的嘴嘟成一个精致的圆圈，好像是用玻璃做的。讷丝感觉到她脸上的表情和她的女主人一样，震惊、恐惧、惊奇，因为在那一刻之前，她还确信自己已经了解了所有可怕的情绪。但这次是新的情绪。讷丝抓起她的裙子，急忙转身离开花园，但女主人苍白的眼睛总在她心里挥之不去，那双眼中的泪水像水银一样颤动。讷丝害怕的是，泪水不仅仅源于她自己也了解的悲伤，而是某种无名疾病的症状，这种病也许会传染给艾米丽身边的任何人。

对艾米丽来说，她已经如同行尸走肉。晚上，她在黑漆漆的走廊来回游走，像幽灵一般。讷丝很快发现，叫醒一个不知道自己在昏睡的人会有多么吓人。白天，她会在黄杨木花园里走上一两个小时，讷丝则把孩子们留在附近的院子里。最后她的日子变成了一场表演。母亲应有的举动。回到她的房间。去看望父亲，在监工的房子里跟他一起吃午饭，在那里她会听到一些他将如何让世界重回正轨的计划或理论。

鲍勃成了一个隐士，只有少数情况下例外。而勒瓦洛伊之所以容忍他的存在，只是出于对妻子日渐衰减的责任感。鲍勃已经喜欢上了愚笨的塔尔博特。罗尔斯第一次把他带到家里为他疗伤时，就向鲍勃提出了这样一个想法，他说这个男孩与鲍勃已故妻子同姓，可能是他们家的某个亲戚。约翰·塔尔博特可能与他在梅卡尼克斯维尔郊外小溪边的一部分生活有关，这种想法深深印在了他的脑海里，像一个新手手中的锯子卡在了木头里。他把自己的过去改写成了神圣的田园诗，做了一些小打算和规划。在他女儿出现的为数极少的日子里，他会坚持要求三人一起，在那栋全世界合谋让他独居其中的房子的石头门廊上喝冷饮。那里的地比其他地方高一点，几周前他还在那个地方看到了里士满的大火在北方的天空漆出一条黑带。鲍勃的痛苦依然清晰。伤口虽然愈合了，但还不到一年。距离他发现自己的财产被勒瓦洛伊巧取豪夺仅仅过去了几个月。随着天气变暖，他开始了虚妄的自言自语："他们的日子快到头了，艾米丽。"他一遍又一遍地说。"是的，爸爸。"她会回应，但不去理睬他，因为他痛苦的抗议早已失去了意义。她觉得她父亲就算没有这些委屈，也不会知道自己该怎么做。她当然不认为他会试图去纠正这一切。

对约翰来说，因果关系是一套过于复杂的原则。勒瓦洛伊一开始看到罗尔斯在帮男孩处理伤口的时候，对于把他留在身边很是紧张。勒瓦洛伊确信，他看到男孩的眼中闪过一道光芒，像是认出了他，但他没有看到光芒过后他所预期的行为变化。有一次，他发现男孩的目光停留在他那把刀的鹿角刀柄上。"你还记得这把刀吗，孩子?"他冷酷地问道。约翰回答说是的。在他不再作声的时候，勒瓦洛伊拔出刀递给了他，刀身握在掌心，雕花的刀柄放在约翰·塔尔博特等着握刀的手心。约翰仔细看了看刀，但他没有想过要把刀刃一下下刺入勒瓦洛伊的肋骨下方，直到自己累得站不住脚为止；接着他继续刺下去，刺了很多下才让那人不再尖叫，直到那人坐在那里，手臂放在膝盖上，让刀子进进出出。塔尔博特把刀子刺入他的两肋，那人重重地喘息着，脸时不时地狰狞起来，血滴落在铺砖的地板上，弄得满地都是。他本来很轻易就能做到的，因为勒瓦洛伊并不怕约翰，而且杀死一个不怕你的人是最容易的，因为他会放手让你这么做。但约翰没有想到这一点，尽管他能详细地回忆起这个人对西班牙吉姆做那些事时的情形。老人出生在上个世纪以前，在他出生很久之后，约翰的生活沦为一个连他自己都找不到满意答案的谜。

有些日子里，在与父亲见面后，艾米丽会允许约翰·塔尔博特陪她走过博韦种植园的土地。她觉得跟他在一起跟独处没什么两样。有他的陪伴，她也一样感到无拘无束。我们对待自己总是最真实的，这话以前肯定有人说过，所以艾米丽把他的先天不足误解成一种不完整，也许是可以原谅的。其他人对此可能会有不同的说法，那就是虽然艾米丽可能知道她是上帝的孩子，但她还不知道她不是上帝唯一的孩子。

艾米丽会带着约翰·塔尔博特穿过花园大门，走出去穿过绿色的阔叶林，走过烟草田里成百上千座齐膝高的小丘。他们有时会坐在那棵老梧桐树下，那里有通往罗利的新铁路线的一个停靠点。它被命名为勒瓦洛伊枢纽，现在几乎是一个与切斯特菲尔德其他地方不同的小镇了。每次艾米丽带约翰去那里，都没有看到机车的汽柱有任何前进的迹象，不曾咆哮着向后飘荡，沿着铁轨穿过树林。她只看到应该属于她的东西，不管她多么渴望逃离，她都拒绝丢下一切。勒瓦洛伊曾宣称他将把全县带入当下，他做到了。她父亲坚持要纠正一切，他是个彻底垮掉的笨蛋。她的母亲被埋在一座坟墓里，他们不得不在坟墓周围设下栅栏，这样，在列车员叫所有乘客上车之前，南来北往的商人才不会在墓地上撒尿。她看见她丈夫的律师在博韦的图书馆进进出出，看到他们如何把签过字的文件捂在胸前，匆匆离开。那种迫切让她觉得很可笑，好像全世界都指望着这四分之一个点的利息似的。因此，在战争刚结束的日子里，艾米丽断定她在内心深处为自己争取到的自由是不够的，除非她有所行动，否则她永远不会知道更多自由是什么感觉。

有一天，当夏天搅动着清汤一样潮湿的空气时，他们穿过树林，进入了高高的野草丛。她在齐胸高的草丛里飞奔迂回，约翰跟在她身后。艾米丽全神贯注于目的地，没有看到脚下多得不得了的没有翅膀的若虫①外壳。约翰注意到了，但什么也没说，他不觉得有什么评论的必要，尽管在他的记忆中，他以前从未见过这样的

---

① 蝗虫、椿象等昆虫翅膀未长成期间，外形跟成虫相似，但个头较小，这个阶段的昆虫称为若虫。

情景。他很容易接受这个世界的样子，因为无论是改进还是退化，他的脑子里都创造不出其他选择，因此他没有在受挫的野心或对分类的困惑中迷失自己。当一个人有所选择，但又还能克制自己，不去破坏他所能改变的地球上任何一小块土地时，他就会被称为好人。如果这对他来说就像呼吸一样自然，我们就称他为傻瓜。但生活就是这样。约翰擦了擦脖子后面的伤疤，看着艾米丽冲进一片雪松林，又朝着通往河边的道路飞奔。当她消失在视线之外时，他被咔哒咔哒的高亢电流声和嗡嗡声震聋了，草地上飞来的蝗虫蒙住了他的眼睛。约翰觉得地球已经展翅高飞，仿佛要逃离它自己。他穿过铺天盖地的蝗虫，伸出双手把成群的虫子分开。它们完全盖住了他，占据了每一寸草地，发出可怕的声音。但他并不害怕。在约翰看来，这就像一种音乐。它们的翅膀优雅地扑扇着。艾米丽离他很远。他不知道过去了多少时间。他本想将看到的一切告诉她，但等他找到了坐在河岸上的她，他已经忘记了蝗虫带给他的新奇感，它们成了这个普通世界的一部分，因此他没有告诉她，她也没有想起自己可怕的梦。

她坐在浅滩的一块大岩石上。约翰悬着双腿坐在河岸边的一团树根上，春天的洪水把树根上的泥土都冲刷掉了。两人都没有说话。他们很少这样做。他和罗尔斯把狗埋了之后，他将有关狗的事情告诉了她，尽管罗尔斯要求他不要这样做。他很难不诚实。罗尔斯曾努力向他解释说，有时真相会让人们的生活更加艰难，还说真相和谎言有着不同的滋味。他说，如果偶尔不得不隐瞒真相，你也可以原谅自己，因为今天会是艰难的一天，明天则更加艰难。如果闭嘴可以避免麻烦，为什么还要徒增烦恼呢？约翰确信罗尔斯是一个好人，他喜欢有他陪伴，他喜欢罗尔斯请他帮忙完成博韦种植园的某项工作，但罗尔斯所描述的世界，以及一个人在世上行走必须采取的谨慎步骤，都让他感到困惑。约翰不擅长编造各种各样的谎言。于是，他告诉艾米丽这条狗所经历的一切。狗的名字他记不起来了，他在弗吉尼亚州游荡时，夜里帮他取暖的就是这条狗，他靠着它的残羹剩饭活了下来。他现在这样子跟着她，就是他想象中狗会去做的事情，他试图取代这条狗在艾米丽生活中的角色，好像这可以是一种赎罪。他一直努力记得他必须保护她不受伤害，免受那个戴破眼镜的男孩对他和狗造成的那种伤害。

她坐在灰色的栖木上，看着暗蓝灰色的河水在河中央的石头上翻滚前行。苍鹭俯冲扑向鲱鱼，叫声尖利。

她感到约翰在附近的河岸上，漫不经心。她感觉到一股巨大的、未被开发的力量在体内涌动，这种力量随着一生中她那模糊的双眼捕捉到又避开去的每一次凝眸而与日俱增。除了驾驭它，她别无选择。她曾是一位温顺的妻子，听丈夫的话。他说起话来，好像有一种独特的能力，能够看到世界的真实本质。他经常说，你可以指望人们很好地向你展示正确的路线，只要你愿意去看到它。是的，她想。这话没错。她慢慢地脱去衣服，滑入水中。约翰目不转睛地盯着她，正如她所想的那样。他张大了嘴。她问他是否愿意跟她一起游。

他们游完泳，她把他带到河岸边的一块苔藓地上，然后爬到了他身上。事情完毕后，他们一起躺在草地上，约翰没有说话。他回来已经几个月了，她一直在教导他，他说错了话，她会纠正他，有时还挺严厉的，但之后总是用一下抚摸或一个手势来缓和她的严厉带给他的悲伤。他开始以她告诉他的方式来看待这个世界，约翰感到自己的生活开始走上一条平稳轻松的道路，直到她对这个世界的看法取代了他对这个世界为数不多的看法。

艾米丽说她一直确信他会再次找到她。把他们第一次见面的悲剧变成现在联结着他们的共同纽带，这可是太好了。“我现在就靠你了，约翰，”她说道，“勒瓦洛伊残忍又冷酷。看看他是如何对待我父亲的，把他留在监工的房子里，把那儿当成一个监狱。想想他对船夫又做了什么。”

“是西班牙吉姆，”约翰说，“他把他刺得很惨。尽管我记得我把他沉到水里了，但我曾经一直在寻找他。我先在他的口袋里放了一些大石头。狗就在那里。但我会在照片中寻找他。当我找到一些小照片和东西时，我会看看照片中是否有他。”

“这么可怕的一个人。我都不忍心去想这一切给了你多大的折磨。当你只剩下残羹和回忆的时候，却要看着他活得如此惬意。”

约翰不知道“折磨”是什么意思，但他没有问艾米丽，因为他不想让她因为他不懂词义而与他分开。他不想让她再与自己分开了。他想和她一起游泳，永远一起躺在草地上。“我爱你。”他说。

她笑了笑，转向他，把手放在他的脸颊上。他颤抖起来。艾米丽笑了。“这意味着有人走过了你的坟墓。”她说。

“要我再说一遍吗？”他问道。

“哦，约翰，”她说，“你必须小心这个词，因为它意义重大。”她心想，把他带到她想让他去的地方真是太轻而易举了。艾米丽想知道是所有男人都这样呢，还是像约翰这样的小伙子才会这样，在这件事上如此渴望又不自信，像他们对任何事情的感觉。她想到了勒瓦洛伊那沉重的身子，努力掩饰自己的厌恶。“有时人们说这话是真心实意的，有时那也只是一句话罢了。”

约翰·塔尔博特感到困惑。如果不是真心实意，她觉得他干吗要说这话呢？“我不知道这种感觉还能怎么说。”他说道。

“熟络。”她说。

“我没学过那个词。”约翰说。

她又笑了，而约翰很肯定他确实爱她。

她吻了他。

“这意味着，也许你只是认为你爱我，而且真的只习惯有我。我不想觉得这就是你的意思。”

“我想那只是我的话的一部分意思，不过其余的也一样。”

“我不希望你对我说的只是一个词，约翰。”

“我怎样才能让你知道我是真心实意的呢？”

她从他身边滚开，仰头望着悬在河上的树冠。眼角余光里，她可以看到他被思绪折磨着，不顾一切地想取悦她，却不知道该怎么做。她暗自笑了，双手紧握着他的手。太阳西沉，他们身上的光渐渐褪去。天空现在像屠宰场的地板一样红。“若爱是真诚的，约翰，那你就不需要这个词，”她说道，“你需要的只是表现一下。”

第十二章

一九八五年三月的第二个周末，比利·里弗斯发现他的妻子倒在浴缸里。有些晚上，他们很晚吃完晚饭，洛蒂会去洗个澡，然后坐在岸边碎石堆的尼龙椅子上看着海湾。如果那天早些时候她在工作室里干了很多工作，她通常就会弄得很脏，所以她在浴室里待了将近一个小时，比利也没多想。直到听到电视里球赛结束，另一个节目开始了，他才担心起来。洛蒂不怎么看电视，她更喜欢听音乐。她在车库的时候，车库里总会传出一首古老的乡村歌曲或别的歌。比利从来没听到过家里的电视开着，除非有乔治敦队的比赛。几年前，她在33街从马修先生的电子电器商店里买了一台RCA① 便携式小电视，一边是黑白屏幕，另一边是收音机，她会随身携带，听着国家电台，但如果有乔治敦队的比赛，她一定会打开电视。你会听到旋钮的咔嗒声，接着是一阵慢悠悠的脉冲声，然后可能是几段昂扬的战歌，所有声

① 美国无线电公司，当时是横跨电子和传媒领域的科技巨头。

音一起唱着“永远躺倒，躺倒”，洛蒂会跟着哼唱。

洛蒂会坐在黑暗中观看本周东部大联盟的比赛。她会把小电视放在工作室的一个架子上，或是有落地玻璃的门廊上，或者用梳子和毛巾把它固定在浴室的盥洗盆上。她欣赏年轻人在无法达到完美的情况下所表现出的坚韧：运动鞋摩擦木地板的吱吱声，球顶住后旋的力量悬在半空，篮网下向着生活横冲直撞。当然，她从来没有在一个拥有顶级篮球队的地方生活过，但几乎是偶然地，她对乔治敦产生了持久的感情，这地方似乎离她定居的德尔塔维尔很近。她爱上了那些身着灰衣的年轻人，他们从不屈尊寻求安慰，当期待的胜利到来时，他们从不聒噪或哭号。

但那天晚上，午夜过后，比利听到比赛结束后响起的《鹰冠庄园》①的主题曲，他担心起来，走到门口敲了敲门。她进去之前往门顶上扔了一条毛巾，所以门是虚掩着的，他听到盥洗盆上的电视在响，却听不到别的什么声音。没有泼溅的水声，也没有她时不时的哼唱。“你在里面还好吗，洛？”他在门的另一边喊道。她没有回应，于是他推开了门。里头唯一的光源是那台电

① CBS电视台于1981至1990年间播出的系列剧。

视机。

浴盆边缘她点着的两支芳香蜡烛已经烧尽，蜡全化了。电视的微光洒落在浴缸里洛蒂赤裸的身体上。

比利知道她没有死，毕竟他和鬼魂一起生活了十五年。死亡是一袭白色的柩衣。死亡来临时，身体的颜色会很快褪去。洛蒂皮肤上仍有生命的暗红色。但是他没有听到她的呼吸声。他把她从浴缸里拉了出来，水溅了他一身，也打湿了地板。蜡烛掉落在瓷砖地面上，裂了一支。电视还开着。比利把她从浴室里拖出来，平放在地板上。他的头脑自动地进行了一连串的检验：反应、呼吸、出血……他轻拍她的脸颊，喊着她的名字。“洛蒂，姑娘。快点，醒醒吧，宝贝。”他更使劲地拍着她的脸颊，俯下身，耳朵靠近她的嘴，捕捉着一丝微弱的呼吸，等待气流触摸他的皮肤。他匆匆把她裹进毯子，抱到他的卡车上，前后用了不到一分钟时间。引擎立刻被发动了，碎石路上扬起了太多灰尘，遮蔽了月亮。

他们穿过拉帕汉诺克河上的白石桥时，她恢复了知觉。比利将车速缓了下来，她看了一眼时速表，表针在一百迈以上摆动。“没事的，比利。放轻松点，亲爱的。”她说。

他低头看着她，镜片后的双眼大得像转动的轮子，眼睛里盈满泪水。“我们很快就会到医院。”他说。

“我知道这样的小事你会处理得很好。这只是一件小事。”

他想知道她对自己的病情知晓多久了。有几天早上，他走进淋浴间就看到下水道周围有溅落的血迹。起初他觉得是锈斑，也许是硬水。他很久没有在梦境以外看到血了。

“一件小事吗？”他问。

“没事的，比利。”

“是吗？”

“当然。”彼此都静默了一会儿。“你是个好人，比利。”她说。

他没告诉她他觉得这话不对。这不是谎言。她从未对他撒谎，也永远不会。但他觉得她说错了。他们过了河又回到了陆地上，大桥和它错综的铁桁架被远远抛在他们身后的黑暗中。比利用手拍打着方向盘，嘴里骂骂咧咧地诅咒着老天。

在她正式的诊断结果出来之前，比利只离开过她的床边一次。他回到波卡洪塔斯大道上的小房子取来了洛蒂的便携式黑白电视机，把它放在她病房的一张桌子上。他想生她的气，因为她一直对他隐瞒自己的病情，但她现在显得如此虚弱，让他觉得生气对她很残忍。她努力去看球赛，但有时医生会跑来干预，坚持要她去睡觉。所以她睡觉的时候比利替她看着球赛，等她醒来时，他就告诉她尤因和温盖特场上表现有多好。冠军赛的前一天晚上，一位医生把他叫到走廊上。汉诺克总医院肿瘤科洛蒂病房外头的墙边倚着一把破旧的折叠椅。“比利，坐下吧？”医生问。

“当然可以。”他说着，把金属椅子分开坐了下来。医生手里拿着洛蒂的病历，但没有打开。

“比利，她是个坚强的女人，但她时日不多了。”

比利把眼镜往上推到鼻梁上。“医生，她得的是什么病？”他问道。

“比利，这叫肺小细胞癌。第四期。”

“总共有多少期？”比利问。

“只有四期。怕是撑不了多久了。”

“我怎么可能不知道呢？”

“这种病进程很快，像野火一样蔓延。她抽烟吗？”

“是的。”他说。

“那个，也许你认为那咳嗽是抽烟者常有的。但说老实话，每个人的症状都不一样。癌细胞扩散得比较厉害，她应该是病了有一两个月了。”

比利直愣愣地瞪着对面的墙。“之后会是什么样子?”

医生去大厅里拿过来一把一样的椅子，在他身边坐了下来。

“基尔马诺克那边有个好地方。他们会照顾她的，她想怎么样都行。”

“她从来没说起过。”

“做些平常常做的事情也行，比利，如果她现在不想考虑这些事的话。这是一个说再见的不错的方式。”

“说‘再见’的只有我。”

“好吧，那也没关系。”

比利第一次开车送洛蒂去医院时把自己的帽子落在家里了，去拿电视的时候也没想起要带上。他穿着一件栗色T恤，眼镜盒塞在胸前的一个口袋里，手指捋过鬓边的发茬。他其貌不扬，是那种会把T恤塞进牛仔裤的人。“大夫，我能问你件事吗?”

“当然，比利。尽管问。”

“您当过兵吗?”

医生把手搭在比利的膝盖上。“她有时间去慢慢接受现状，对她来说不会是那样的。”

“但是您知道我的意思吗?您知道我为什么要

问吗?”

“我退役后，海军付钱让我上了霍华德大学，我上弗吉尼亚联邦大学医学院的钱也是他们出的。我还在想要些别的什么东西，这样他们就可以报答我所给予他们的一切。”

他们都笑了。比利问：“您怎么会到这里来的?”

“我是在‘北颈’[①]长大的，里德维尔那边。我想我是怀念水吧。”

比利笑了。“你在海军服过役还怀念水？我以为你们在那些船上都受够了。”

“没有。”医生说，“我是一名卫生员。海军陆战队九团一营。不过，我告诉你，一九六七年七月[②],”他停顿了一下，戏剧性地吹了声口哨，“我真希望当时我在船上。”

“你知道,”比利说，“一九七〇年在柬埔寨的时候，我们穿过那些橡胶种植园，结果被射得一塌糊涂，有时我会想，如果当时我也中了一颗子弹，可能我就玩完了。不会比那更糟的了，一定死翘翘。”

“是的。可能会是那样。”

---

① 切萨皮克湾西岸三个半岛的最北端。

② 指越战中的福里斯特尔号航空母舰大火事件。

“你不去想吗？我是说，以后？”

“当然了。我是说，那是必须的。我每天打卡上下班的时候都有这种感觉。甚至不能说是一种感觉，应该是别的什么。有个声音告诉我，有一天我会干这份工作，救下我十九岁那年在康天[1]无法拯救的那些十九岁的海军陆战队员。我在想，如果我是一个有信仰的人，我也努力成为这么一个人，虽然做得不好，但我很努力。不过如果我有信仰，那些小伙子都安息了，为什么我还会忧虑？他们不再有疼痛了，也不会有饥饿。但我就是忍不住。我总是认为在这里他们会更好。我总想把他们拖回来，我是不是个坏人呢？这是不是一种自私？我想我肯定也有点怕死。这样一个地方会蒙骗你，让你以为你不怕死，但恐惧还是在的。我想我无法清楚地说明我对它的感受，但它足以让一个人充满怀疑。”

之后他们静静地坐了一会儿，但在他们回忆的静谧中，对话仍在继续。

“她看起来是个好女人，比利。”医生说。

“我得说，我配不上她。”

“配得上的东西，大多数人连一半都得不到，不管

---

① 越战时一处美国海军陆战队的作战基地。

好的坏的。我对这个世界有很多不了解。对于它，你所知的就是自己的无知，走进这样一个世界是一件艰难的事情。”

比利靠在椅子上哭了起来。他很高兴他们是在走廊里。他觉得洛蒂不会希望看到他这样悲伤，不是说他应该为此感到羞愧，而是因为洛蒂希望他快乐。他不想她因他的悲伤而感到失望。

医生用手臂搂住他的肩膀，什么也没说，只是搂着他，不是很紧，但很坚定，好让比利感受到他此刻的陪伴，就好像这种陪伴有用似的。“听着，比利，”医生说，“时候到了我们就放她走，好吗？那是她想要的。所以你也必须放开她。这很难。我知道。但我希望你答应我一件事。”

比利在走廊里失声痛哭，平生第一次，他哭得无法自已。“什么事？”比利心碎地说。

“别忘了你还活着。”

第二天晚上，比利坐在洛蒂的床边，打开了电视。双方球员都在上篮热身。乐队轮流演奏。洛蒂哼着战歌。她把歌词背熟了，但学生组唱的时候，比利听不清歌词。她摩挲着一边脸颊。“比利，我这边眼睛一直耷拉着，你看。”确实如此，瞳孔看起来也有些涣散。

“我来把灯关暗点。电视的亮度足够你看比赛。”

那天他没有看到医生。比利想，应该是他在洛蒂床边的椅子上打盹时，他已经来过了。他还有件别的事情想问医生，但想不起是什么了。护士们进来查看过洛蒂，但只是让她更舒服些，比如把枕头弄蓬松之类的。开场跳球的时候，他看见她睡着了。她醒了一次，在十分钟后，说她的肋骨疼。“比利，如果能减轻一点疼痛，我会把它还给亚当的①。”

“这将是一场势均力敌的比赛，亲爱的。”

她没去注意比赛，一直都很安静，醒了睡，睡了醒。他不知道自己是否已经准备好，但洛蒂说她可以了。他决定像一个做好准备的人那样行事。有时她咯咯笑得颤抖起来，有时则喃喃自语。

下半场末段，他突然想起有一段时间没有听到她的声音了。她的呼吸急促起来，呼吸的间隔更长了。在比利听来，她像在空气中溺水了。他俯身去查看她。他们握住彼此的手两个星期了，但那天晚上很晚的时候，洛蒂的双手失去了力气。她原本手劲很大，洛蒂用那双手进行创作。洛蒂创造了这个世界，比利想，她的离开会

① 这处玩笑指《圣经》中上帝取亚当的第七肋骨造出了夏娃。

使这个世界消失。他做好了崩溃的准备，和世界一起分崩离析。但他转念决定要像个好人一样好好过日子。

电视很小声。维拉诺瓦大学队终场前一分半钟领先五分。他关掉了电视。她床上的机器开始嗡鸣闪烁。钟叮叮作响。他的手抚上了她的脸颊。她张着嘴，头微微后仰。比利最后一次捏了捏她的手，吻了她的额头，走出了门。他坐电梯下楼，走到停车场。他想尖叫，想制造一种让老天凹下去一块的噪声。但他没有。他上了卡车，启动了引擎，让它空转一会儿，然后把换挡杆拨到驾驶挡，沿 3 号公路返回德尔塔维尔，来到波卡洪塔斯大道上的房子前。他停下车，走到碎石路基的边缘，眺望着海湾。他茫然地望了好几个小时，直到水天之间的地平线露出一道细长的光芒。太阳升起时，他转身走进了房子。

护士们早上五点四十八分喊来了医生。一名护士撑开了洛蒂的眼睛，医生用手电筒照了照两个瞳孔查看反应。“我想该来的还是来了，”他说，“检查一下她的脉搏，好吗?”护士摸了摸洛蒂的手腕，摇了摇头。他在记录板上草草地写了几下。房间里的洛蒂早已静默。

第十三章

切斯特菲尔德县一八六五年的夏天来了又去。秋天也从田野里收获了庄稼，然后离开。冬天不必问路就回来了，它像往常一样，在无尽的大地上铺开了一层雪毯。

艾米丽一双带着金色斑点的淡灰色眼睛看着日子一天天过去。

表面上看，她变得甜美又轻快。夜里，她不再踟蹰着穿过昏暗的走廊。睡觉时，她会把窗帘拉开，早晨东边第一道光线穿过火炬松林照到她的脸上时，她就起床了。她的两个女儿也长大了。她们有着大大的蓝眼睛，覆着绒毛的柔软肌肤非常白皙，让人感觉即使走过漫漫长路的冬日阳光也能穿透。她很宠爱她们，还有小乔治，他们都期待着小乔治能很快开口说话。她竭力想给讷丝留下一个印象，让她觉得她现在有了一个忠实的新朋友。她说："哦，我真的很想知道他会管我叫什么，讷丝。一个孩子第一次喊名字的时候，真是太欢乐了。他们经常错得很离谱，不是吗？但即使如此，你也不能扰乱他们。”但她的脸很快就耷拉了下来，让讷丝再次看到了悲伤。“我想请你帮个忙，会不会太过分了？我知道你不欠我什么。”

讷丝还是拣了该说的话回答道：“您只管说，我会试试看，艾米丽小姐。我会尽力。”乔治大笑着，两个娃娃在饭厅里嘟嘟哝哝，那是他们有时候玩耍的地方。

“如果我请求你，你会养这两个姑娘吗？”她说着，擦去冰冷的脸颊上细小又完美的泪珠。

“我能把她们养在哪里呢？”

“无论你在哪儿，都带上她们，就算我求你。”艾米丽说。

“能告诉我为什么吗？”讷丝问，“女孩们会想要她们的妈妈。你看看她们现在这样，眼睛紧随着你在房间里转。”

“你知道为什么，讷丝。你知道的。现在他是在蛰伏中，但他不会永远这样。”

“我不知道她怎么了，”去年十二月的一天，讷丝对罗尔斯说，“但我会接受的。”

罗尔斯打断了她的话。“我认识那个女孩很久了，也见过她的花样。你最好睁大眼睛当心点。”

“这话用不着你告诉我。但在这个世界上，作为一个女人、一个母亲，有些事情你是无法理解的。还有嫁给那个男人的事，我认为她害怕他，罗尔斯。她完全有理由害怕。”

他们在松树中散步，那是他们第一次见面的地方。这片松林已不再毗邻那个古老的种植园。在詹姆斯河结冰的隆冬时节，她被送过冰面，去到种植园对面。松林现在已经被博韦庄园吞并。罗尔斯觉得有一天博韦将吞并整个世界。勒瓦洛伊似乎有此野心。再过一段时间，罗尔斯心想，地球上就再不会有人能回忆起一个与勒瓦洛伊为他们所创造的世界不同的世界。

“开始你说那是产后抑郁，现在你又说她是天性如此，她的所有怪异行为都是因为她害怕勒瓦洛伊。这个也许是真的，但我得说有时一条蛇也害怕其他蛇。”

当然，讷丝这些年来见过形形色色的人。有些幸运的女人把孩子抱在胸前，心门就打开了，生活变成了孩子和母亲共同的美好梦想。对其他人来说，孩子是一份包裹在悲伤中的伟大礼物；她们所能看到的只是这个孩子所加入的世界，它的神秘是多么难以理解，它的痛苦又是多么持久。但似乎在一段时间后，通常不超过一两个月，这些母亲就可以解开这悲伤的襁褓，她们会看到孩子并不害怕神秘，还没有认识到痛苦是永恒的。孩子会对着母亲微笑，就像在告诉她，快乐并不像她想象的那样罕见。她会带着新的信念看待这个世界。这些母亲和第一类母亲一样，将再次看到太阳。在她们灵魂深处的某个裂缝中，一种想法开始扎根：她们的孩子可能会解开世界上可怕的谜团，或终结痛苦，或时常带来欢乐；尽管这个世界的问题可能恒久无尽，像我们耕作的土地一样，但如果耕作得当，这些状况也可以随着季节的更迭而改善。不过，还是会有其他问题。在乔治出生后有那么一小段时间，讷丝担心她也会成为那样一个母亲，她经常梦见自己游离在时间之外，看到世界沉没，群山被抛到空中，大地化为尘埃。这个想法来去匆匆，如闪电一般。她可以很轻易地就把他从“今天多么艰难，明天也一样”之中解脱出来。但是乔治马上就开启了她的心门。她感到奇怪的是，她竟然很容易就成为了第一类母亲。她曾担心自己会恨这个孩子。如果她不爱他，也没有人会怪她，但她爱他。如果罗尔斯不爱这个孩子，她也不会责怪他，但他也爱他。

至于艾米丽，讷丝仔细观察过她。孩子们慢慢成长，开始微笑，学爬，而她们的母亲越来越善于掩饰她与这个世界的疏离。讷丝本能地把孩子们留在她身边，她虽从未亲眼目睹过，但她知道这种忧郁有时会诱使一个姑娘去做什么。“她已经走过了那座桥，罗尔斯，”她说，“我毫不怀疑这一点。但道路还在继续。我只是希望我能更好地了解它的走向。”

***

一八六六年新年的第一天，鲍勃·里德监督着约翰·塔尔博特把监工房子里所有的东西都搬到大路上：鲍勃的床、一张椭圆小桌、一个工作台、两张软垫椅子、每一块布头、每一样家具。虽然不算多，但全是他三年前从战争中归来后剩下的属于他自己的东西。田地里覆盖了一层薄雪，他们忙活的时候，更多雪落在他们身上。到中午他们就把所有东西都装上了两辆板车。他们把两队骡子各套在板车上，鲍勃上了第一辆，约翰上了第二辆，往外朝河边的路走去。讷丝和罗尔斯走出来，站在厨房的屋檐下看着他们。鲍勃那只没有受伤的脚踩着缰绳，左手抬帽向他们致意。虽然听不见他的话，但他们看得出他在自言自语，驾驶座上的他兴奋不已，最终消失在他们的视野之外。

约翰·塔尔博特跟在他后面的第二辆车上。罗尔斯走上了道路。“你们这是在搞什么，约翰？”

“我也说不好。里德先生说今天是搬家的日子。他说我们要住到老房子里去。他整晚都在咒骂勒瓦洛伊先生，骂得很厉害。天还没亮，他就把我叫醒，让我把所有东西都搬出去装车。”

“什么老房子？”罗尔斯问道。

“你们以前住的地方。”他说。

“那所房子已经不在了。现在除了火车站什么都没有了。来吧，约翰，说实话。”

约翰看了看罗尔斯，然后又看了看讷丝。他的嘴一直没合上，他们都知道这是他高度专注的表现。“呃，他说我们要去的就是那个地方，所以我想等我们到了那里，会有一个惊喜。”

“他说了勒瓦洛伊先生什么话？”

“有很多话我不好说。”

“其他话呢？”

“好吧，”约翰说，“他说他会杀了他。”

讷丝和罗尔斯对视了一眼。罗尔斯向马车走去，伸出手，好像要把他扶下来，但约翰似乎没有注意到。“不行，”罗尔斯说，“你没必要掺和这种蠢事。”

讷丝走到路上，轻轻把罗尔斯拉回到屋檐下。罗尔斯看着她，她向他摇了摇头。他走到一张长凳上坐了下来。“我们这边还有工作，约翰，但你不该去，”讷丝说，

“你去了会看到一个丑陋的世界。”

约翰沉思了一会儿。“我告诉过他我会去的，”他最后说，“此外，我把他一半的东西都放在我这辆车上。要是一直放在这里，它们会被雪覆盖的。”

他们三人看着第一辆车穿过最后一对雪松，转向车站的方向。约翰猛扯骡子的缰绳，车子隆隆地驶向前去。

“我们该怎么办？”罗尔斯问道。

“你知道我跟你说过的那个地方吗？”她说。

“你真的想去沼泽地的几个岛上寻找一群逃奴吗？”

“我们得走了。”讷丝说。

“我们甚至不知道那里有什么。可能只是大家的传言罢了。”

“是真的，罗尔斯。我知道是真的。我们得走了。我不知道会发生什么，但我不想待在这里坐等那一刻到来。”

他们飞快地向小屋走去。经过房子的时候，讷丝抬头望向它的上百扇窗户。艾米丽站在其中一扇窗后，看着他们经过。

鲍勃和约翰·塔尔博特沿着环形车道行驶，在大梧桐树下勒住了他们的骡子。他们首先把安了软垫的东西搬下来，放在站台后面候车区的长屋顶下，这样它们才不会淋到雪。

车站的工作人员走出来问他们发生了什么事。

“是勒瓦洛瓦先生的吩咐，是他让做的。”鲍勃说。那个工作人员一听到这个法国人的名字就抑制住了好奇心，走了进去。火车来了又走，但只有几趟，乘客们对两个人在车站摆放家具的事情不感兴趣，这仅仅证明了一个众所周知的事实：只要不直接给他们造成不便，人们几乎不会理会任何异常情况。

鲍勃指手画脚比干活多，尽管如此，他的伤情还是没饶过他，这让他敌意更甚。傍晚时分，他们在车站重新布置出了博韦种植园监工住宅的起居室，而且不得不让这立体布景往车站工作人员办公室里延伸了一些，约翰对此有些惶惑，但布置完成后，鲍勃拍了拍他的肩膀，笑着说：“我们进展顺利，孩子。”他让约翰回监工家等他，说他们很快就会又在一起了。

约翰离开了车站。天已经黑很久了，这活儿干得他浑身酸痛，疲惫不堪。他想回到监工家去睡觉，骡车还没离开鹅卵石车道，他就开始断断续续打起了盹。过了一会儿，他听到远处响起了枪声。太多声了，数不清。

他来到监工房子面前，走了进去，点着了壁炉，把外套铺在火堆前，就睡着了。

当晚离开勒瓦洛伊枢纽站的最后一列火车终于在第二天早上踩下刹车，缓缓抵达目的地。这时这消息已经传到了博韦庄园。消息就像即将到来的日出一样可靠，而且在这种情况下还要快一点。鲍勃开枪打死了六个人，那个火车站工作人员，两名打算前往弗雷德里克斯堡的一次性瓶盖推销员，还有一对带着婴儿的年轻夫妇。据说他重装了几次子弹，还说有时他似乎有瞄准，有时没有，但仍有十几人受了伤。报道和传言都认为，事件过后成群的旅客在地板上瑟瑟发抖，硝烟散尽，一片沉寂，而他则继续干自己的活儿，在他所重建的家里没有壁炉的地板上生了一堆火，然后小心地打开了当天早上发行的《里士满日报》，又点着了一根烟斗。

没受伤的人慢慢从地板上爬起来。他们三三两两急匆匆地逃掉了，最后几个人里有一个躺在愈燃愈烈的火堆的另一边，当他跪下去的时候，鲍勃把报纸折起来说："对不起，先生，你要走了吗？"

那人颤抖着，尿了自己一身，尿液顺着左膝滴到地上，洇成了一摊。"我可以吗？"他问道。

"当然可以，回头见。但一定要告诉大家，勒瓦洛伊的残暴让我太太送了命。他从我这里偷走了我的土地，还有我的女儿。”

“是的，我会的。”

鲍勃把报纸折起，又开始读了起来。“那就晚安了。”他说。

“晚安。”那人礼貌地回答，站起身来，跑入黑暗之中。

***

讷丝和罗尔斯一致同意天亮前离开。为了不引起别人的注意，他们继续做着手头的事情，天黑后收拾好了自己的行装。那天晚上，她用盆里的冷水洗了脸，用战前第一次见到罗尔斯时所扎的那条点缀着橙色花朵的深蓝头巾把头发包了起来，当时她的生活被一种更加可想而知的残酷所支配。她低头看着他。他睡得很沉，她给他的爱就摊在他身旁。那是不久以前的事情，那时他们还年轻。尽管时间的重担压在人肩上，她还是感到了一种新的希望，那就是他们最终会在博韦之外找到他们的人生。当然，罗尔斯并不喜欢那里。虽然博韦只是一个名字，但这个名字对这里美好的土地就像镣铐一样。他对着勒瓦洛伊并不卑躬屈膝。鲍勃、约翰·塔尔博特和女孩艾米丽只要不在他眼前，就会从他脑海中消失。但如果有人要拆掉种植园的围墙，把弯弯曲曲的长栅栏全都连根拔起，砸烂所有建筑物，让其化为尘土，他会说，这里也许是一个值得爱的地方。但是她永远也不能接受一种说法，那就是这个地方不会沾满鲜血，就像人类走过的一片荒野，尽管一个人可能会觉得自己只是一个过客。“除了这里，我什么都不知道。”当她之前提议离开时，他说道。这么说让我很惭愧，但我想我多少会怀念它，他补充说。她回答说，在博韦种植园、在弗吉尼亚、在美国之外有一整个的世界，趁着还不晚，她想得到一点点。罗尔斯回答说，她想要的东西也是他想要的，只要她开始朝着那个东西走去，天涯海角他都会伴随着她，只要她能告诉他，他们应得的那一点是什么。讷丝一想到这个就笑了。他们正走在自己的路上，那个日子来临了。大迪斯默尔沼泽的人将给他们一个栖身之所，就像他们世世代代以来所做的那样。讷丝和罗尔斯将在北卡罗来纳州和弗吉尼亚州的分界线上，为自己开创一段新的历史。

乔治蜷缩着睡在床角，手臂缠在罗尔斯的脚踝上，他把罗尔斯交叉的双腿当作枕头。讷丝尽可能安静地开门，以免吵醒他们。

她看见艾米丽走进树篱，向他们的小屋走来。

“我需要你的帮助，讷丝。”

护士感到一种绝望的冲动，想拒绝她，想跟她说他们要走了，她现在必须自己照顾自己。但她知道她的拒绝会让她和罗尔斯受到太多的关注，无法逃脱。“您需要什么？”她问道。

“是姑娘们，”她说，“发生了可怕的事情，我担心勒瓦洛伊先生会对我或她们不利。你能把她们带到这里来照顾吗？你不可以让他阻拦着你。”

讷丝在脑子里仔细考虑了她的选择，发现选择极其有限。“我去带她们。”她说道。她决定把女孩们带到小屋里，放进小柳条摇篮里，然后把毛毯盖在摇篮上，尽可能确保她们安全又温暖，直至艾米丽来把她们接回去。她希望孩子们不会被独自撇下太久，但她不愿错过永远离开这个地方的机会。她、罗尔斯和乔治。他们不欠这个地方什么。就让这最后一次善意的表示驱散所有疑虑吧。

***

勒瓦洛伊一生都像一条对未来天气极度敏感的狗。他的鬃毛竖了起来，情绪焦躁不安，感知总是远远领先于大众，以致他们从来没有想过要质疑他的欲望是如何变成他们的现实的。但是鲍勃·里德发动了一场可怕的风暴，勒瓦洛伊发现自己被卷入其中。

鲍勃不需要杀死勒瓦洛伊就能毁掉他，尽管很明显他打算把他拉到车站去杀了他。他只需要贬低他。如果人们开始质疑他的权威，想知道为什么他们会把他的世界观认作是唯一可能的世界观，那他还能剩下些什么？勒瓦洛伊先生是一个男人，但他也是一种观念。在切斯特菲尔德县，没有人考虑过反对他的观念。他真正害怕的是，如果他们反对了，那他会怎么样，他所有的生意会怎么样？他在书桌里摆弄了一通，找到一把手枪，那东西银光闪闪。他把它塞进西服背心里，坐在办公桌前，想弄清楚下一步该干什么。他站起来，砰的一声关上了门。

艾米丽从楼梯井里倾听着，听到锁扣上的声音。她知道她父亲回不来了。他一心只想复仇，但她把那些日子里他们坐在监工房子门廊上他所布置好的线都拿走了，然后对它们进行反复加工，直到它们被织成漂亮的布匹，并将在今晚完工。她不知道她父亲的打算，但她知道他给了她机会来实施她的计划。

她轻快地走向监工家去找约翰·塔尔博特。她透过前面的窗户看了看，发现他正坐在空房间的中央，盯着壁炉里冷却的灰烬。

她打开门，走到他跟前，吻了吻他。“约翰，你还记得夏天我在河边对你说的话吗？那时你说你爱我。”

“你没有回应我。”

“我说过爱不是一个词，它是一种证明。”

他似乎在游离，想法不断变换。他的思想是一个黑暗的小房间，但又是个干净的房间。他还没找到要找的东西，艾米丽就对他失去了耐心。

“那意味着你必须为我做点什么。”

约翰·塔尔博特想到了那条河。在他的脑海里，一把刀上沾着血，艾米丽抚摸着他，高高的须芒草在春天的微风里摇曳，摇动着树枝上的绿芽。他想选择那段过往的一部分，再把其余的抛在脑后。他有一丝犹疑，不知道过去是否不允许这样的选择。“你认为里德先生还好吗？”

“如果他出了什么事，我会知道的。他是我父亲，不是吗？”

“天气转暖时，我们再去河边躺着？”

“这就是我想要的。”她说。

“告诉我该怎么办。”

“很简单，约翰。我们要生火。”

艾米丽离开博韦时，约翰·塔尔博特在监工家的门廊上看着。她骑着那匹灰色的大马沿着雪松道往下走。她说她会回来看火的。月光下的夜晚，他看见讷丝朝房子走去。他看见勒瓦洛伊站在她面前，挡住了她的去路。她想绕过他，但他每次都拦住了，讷丝无法通过。勒瓦洛伊扯下了她的头巾，约翰经常告诉讷丝说她戴着很漂亮的头巾就是这一条。勒瓦洛伊打了她，她躺倒在地，他又踹了她的肚子。约翰从远处透过窗户望着，没有听到任何声音。艾米丽没有说起过这件事。她说，日出之前把火点起来。他对她重复了一遍，然后又对自己重复了一整天。日出前，点火。他看着勒瓦洛伊一把抓住了讷丝的衣服后背，把她拉了起来。他可以看到她伤心哭泣，但听不到任何声音。勒瓦洛伊把讷丝带进了黄杨木迷宫的深处，那里通向积雪覆盖的光秃秃的烟草田。他看不见他们，然后又看到他们出现在小树林边缘，那些树挡住了那排小屋。

她该回来了，罗尔斯想。把那两个小家伙抱起来带到这里要花多长时间？他在前院里踱来踱去，把地上一层松针一撮撮踢起来，把他们所居住的林子地面的小雪丘踩平。他先听到她号啕大哭着走了过来。他觉得以前从未听到过她发出这样的声音。他又听到了她的哭号，然后是树枝断裂的声音。接着罗尔斯看到了他。勒瓦洛伊扯着她的头发，她拽着他的衣服。她抓破了他的脸，血顺着他的脸颊流了下来。勒瓦洛伊微笑着，罗尔斯认为魔鬼都不及他坏。

“放开她。”罗尔斯说。

他照办了。她倒在他身后湿漉漉的松针上，啜泣着。她右眼紧闭，衣服都扯破了。她看到松针里搁着勒瓦洛伊那把麋鹿皮刀柄小刀，但她够不着。她和他打斗的时候，他没有注意到刀从刀鞘里掉了出来。

“滚开，罗尔斯。”

“我不会留下她跟你在一起的。”

勒瓦洛伊从他的西服背心里拿出了那把完美的手枪。他将子弹上膛，把枪口对准了罗尔斯。“滚，我说了。从我的地盘上滚出去。”

讷丝爬向刀子，起身站到了勒瓦洛伊背后。她用双手握住麋鹿角刀柄，朝他的肩膀扎了下去。他转过身来对着她，枪掉到了地上。他伸手去捂伤口，血已经开始从伤口滴落到雪地里。她又捅了他一刀，然后又一刀。

时间是有分量的。岁月流逝使讷丝变得更强大了。她的嘴唇肿着，当他趔趄着向她走过来，她既不说话也不后退。相反，她刺伤了他。他单膝跪下，脸颊红得像魔鬼，但他只是一个人。勒瓦洛伊没有说话，而是粗重地喘息着，缓慢平稳，像想确保自己没有忘记该怎么呼吸。讷丝一次次将刀刺入他的身体，就像是小菜一碟。他试图站起身来，一只胳膊冲着身后的讷丝和刀子挥舞着，好像在赶苍蝇。

罗尔斯走到她身边，把她搂在怀里。"他不能对我们再做什么了，"他说道，"但我们必须现在就走。"

她站在那里，双手还握着刀，血一直流到她的胳膊肘，但血是他的。勒瓦洛伊终于站了起来。他的右臂无力地垂着，左臂摸索着身上的伤口，但伤口太多了，一只手应付不过来。"我要走了，"他说道，那只没伤的手挥舞着，"我要走了，让我走吧。"他的膝盖在颤抖，身体摇晃着，他的血滴落下来，在小屋前形成了一个深红色的圆圈。

罗尔斯也是站立不稳，但这么些年来，他踏着土地的脚步很坚实，大多数人几乎再也没有注意到他那奇怪的步态。他感觉到了脚下的松针，离这一切发生的地方太近了。他也感觉到了土壤，土壤下面是深红色的黏土，再往下是很久以前的海底岩石。大地稳住了他，大地撑起了他。他扭动着臀部，感到自己深深扎根在大地之中。他从裤腰上拔出烟刀，用力挥动，刀风摇落了松树上的雪。他将刀刃插入了勒瓦洛伊的头颅。那人倒毙时，刀还插在头上。

约翰看着博韦种植园上空的月亮渐渐隐去。他走到监工房子后面的小屋，拿了一把镐和两把锄头，扛在肩上。他走下山，穿过宽阔的草坪，爬上石阶，来到房子雕刻精美的橡木门前。他将镐穿过门把手，卡住了前门。然后又走到房子侧门，拿着一把锄头做了同样的事情，第二把锄头则用在了后门上。

大宅和监工的住处间隔四分之一英里，但他很快就走到了。地面上的雪反射着天空，尽管太阳还有一会儿才会升起，约翰觉得这个世界异常明亮。他倾听着自己的脚步声，看着自己在寒夜里呵气成烟。他回到小屋，发现如果把自己的胳膊圈起来，用下巴抵住最上面的那瓶，一次可以搬运三瓶煤油。他把前三瓶煤油放在房子最远的角落，然后又跑了三趟，就已是午夜过后了，他的胳膊也累了。

她说要在日出前生起火来，人们还在睡觉，但不用担心，因为那只是一场大火，除了勒瓦洛伊，房子里不会有其他人。他走到房子的每一个角落，把火把放在煤油瓶那里，让煤油燃着了外墙。他不知道要多长时间火才能烧成艾米丽想要的样子，但现在已经是一场大火了。

余夜，火焰照亮了博韦种植园的大片区域。工人们来到林木边上围观着。火焰从山墙里喷出来，从高高的窗户里喷出来，像一个渴死的人的舌头。约翰在远离火焰的地方站着，屋后的小雪堆融化消失了，留下了一圈没有覆雪的草。他听到里面的东西嘶嘶作响，噼噼啪啪，还有玻璃碎裂声。很快就不会有什么可以让火焰舔舐的东西剩下了。火焰发出可怕的声音，约翰心想，这让他想起了哭泣的孩子。

他走回到监工的房子，坐在门廊上等艾米丽。她骑马走了，说还会回来，但她没有。讷丝和罗尔斯坐着平板马车经过，他向他们挥挥手。他们看着他，什么话也没说。他看着那匹有着深色斑纹的棕色小马拉着他们离开了博韦庄园。

罗尔斯猛地拉住小马的缰绳。乔治从他们给他盖着睡觉的毯子下面爬了出来。讷丝抱起他，把他放在膝盖上。她搂着他，吻了吻他的头。他目不转睛地看着火，她双手捧住他的头，把它转过来。“别看，乔治，”她说，“不要看。”于是他们离开了博韦种植园，就在地平线上旭日东升的时候，在那年新年的第一个月的第二天；在那一天的黑暗中，在所有看着种植园燃烧的人的目光中，他们离开了博韦。

三天后，他们到达弗吉尼亚州萨福克镇外的十字路口。他们能感觉到目的地离他们很近。平坦的田地那边是平静的棕色河水。这里没有雪。冬日的太阳高挂在冰冷的蓝天上。高大的尖叶扁柏把根伸到了水下，远处是星星点点的岛屿。他们驾驶板车走上了通向东南方的岔路。走了大约一英里，一群男人从树林边冒了出来，挡住了他们的去路，不过其中一个算不上是个男人。

他看起来像个男孩，皮肤上有麻点，头发是湿沙的颜色。男孩的皮肤和那些人穿的外套一样，是灰色的。镜片后面的眼睛就像两块肮脏的碎冰，其中一个镜片开裂了，其纹路把讷丝吓呆了。他左手拿着一把大弯刀。讷丝有种强烈的冲动，想把目光从他身上移开，她只好拼命去接住他的目光，也确实做到了。他们看起来像活生生的鬼魂，好像忘记了要待在自己的坟墓里。

“你为什么那样看着我?”他说。

罗尔斯说:“我们只想走自己的路。”

“那来啊。”男孩说着,往地上吐了一口。

“我们没有打扰任何人。我们和你没有任何关系。”

“不管怎样,我都不在乎。”男孩说。

罗尔斯从外套里掏出勒瓦洛伊那把锃亮的手枪,指向男孩。他把枪栓往后一拉,旋转弹膛左移,清晰一响上了膛。

那男孩回瞪着他。他抹了一下嘴边的一大块烟草,然后又吐在地上,似乎根本没有看到手枪。他的同伴们在他周围散开,参差不齐地站成一排,挡住了狭窄的道路。

“你知道那是什么吗?”男孩问。

罗尔斯没有回答。他尽可能稳稳地握住手枪,并将它对准了男孩所戴的金属框眼镜的两块脏镜片之间。

“这是一件展品,伤不了任何人。阔佬们将它们分发给大家,于是他们觉得自己可能可以用它来做些什么。但这只是显摆用的。人们想觉得自己在这个世界上有发言权,所以其他人就给他们这种感觉,但不给发言权。这么闪亮的枪啥事都做不了,要么只能卖掉,要么用来做门挡。”

罗尔斯知道这个男孩说的是实话，但他不希望落得这样的结局，于是扣动了扳机。枪栓咔嗒一声掉了下来。讷丝听到这声音躲了一下，站在男孩旁边的几个人也是。但男孩没有退缩，罗尔斯也没有。

“看到了吗?”男孩说。

他们打了起来。罗尔斯身手很好，人也强壮，讷丝也是。但是他们是以少敌多。搏斗最后没有持续多久。要是他们一对一地打，一个对一个就好了，但结果并非如此。

男孩摘下眼镜，大喊大叫，跳起了自己的那支舞蹈。

第十四章

火灾第二天，说不清天是什么时候破晓的。博韦种植园闷烧着，浓烟弥漫着冬日的天空，仿佛是对前一年里士满大火的回应。艾米丽·里德·勒瓦洛伊站在远处树林边，看着战争结束时来到博韦的那一位上校在房子的废墟中翻找着。两名联邦士兵将她的丈夫从工人小屋附近的松林中拉了出来，放上了一辆平板车。他的衬衫上血迹斑斑，像铁锈的颜色。他软塌塌的，让她毫不怀疑他的状况，但她不知道他为什么没有烧死在博韦的大宅里。

她看见约翰·塔尔博特在监工家的门廊上，戴着手铐脚镣。虽然艾米丽并不知情，但士兵们到达时，他还坐在之前观火的那个地方。她朝厨房的屋子看了看，然后又看了看马厩，但没有看到罗尔斯、讷丝、罗尔斯骑的斑纹棕色小马和她的女儿们的任何踪迹。

她原以为她的计划会让她自由。但直到那天早上，世界向她呈现了它的必然和冷漠时，她才明白这个词的含义。她意识到她对控制权的幻想是那样短暂，就如被冬日寒风吹落在一千英亩土地上的房屋灰烬一样。一名拿着铁锹的士兵向上校叫喊着，上校走过去之后，他们在灰烬中仔细搜寻，从瓦砾中取出一颗小小的被火烧黑的头骨。艾米丽跪了下去。她想知道如果她扮作无辜走出树林会是什么结果。他们肯定在寻找她，至少是想知道她是否成了火灾的受害人。艾米丽不知道她丈夫出了什么事，这是事实。她能讲述什么样的经过来推翻她所做的一切？她看着士兵从火中扒拉出另一个烧焦的头骨。她试图使这些小骨头与骨头曾经拥有的淡蓝色的眼睛联系起来，那两双眼睛怀着天真简单的爱意注视过她，但她做不到。她躺在湿漉漉的树叶上，把脸埋在怀里，思忖着她所发动的一切的结局，想知道她的父亲是不是像一根磨损的绳子一样崩溃掉了，因为他意识到有些错误永远无法纠正。

一个女人的脸穿过树林出现在她面前。艾米丽认出了她，但并不认识她，只是知道她在博韦种植园待了很久。“每个人都在找你。”那女人说。

艾米丽无所依归，也无处可去。“别告诉他们我在这里，求你……”她说。

这名妇女听到她的呓语，知道她说想躲起来的时候，一直在思索她的名字。“你不知道我的名字，对吧，艾米丽小姐?”

“求你了。”艾米丽说。

女人看着她，心里既怜悯又厌恶。她摇了摇树枝，开始喊道：“我找到她了！我找到她了！她一直躲在这片林子里！”

艾米丽爬起来，朝她绑在树林深处的那匹灰马跑去。她调转马头，骑上马扬长而去。她只回了一次头，看到那个女人还在喊着她找到了她。

一周后，约翰·塔尔博特坐着自己的板车上了绞架。他坐在一个朴素的松木棺材上，这棺材是他用渡轮码头上一棵被砍倒的火炬松做成的。上校驾着马车，一位中士坐在他身旁。他们允许这个傻小伙不戴镣铐上绞架。他们坐上马车向县政府楼走去，人群聚集在沿途的路边。

纽约一家报纸派了一名年轻的记者来报道这次审判，因为博韦种植园和附近火车站的血案震惊了东部沿海的人们。他说陪审团主席后来告诉他，“陪审团成员都是来自这些地区的农民，我们若是有一头牲畜发了疯，就会开枪把它打死”。但当他们看着马车把凶手约翰·塔尔博特送上刑场时，他们也疯狂了。上校曾寻找讷丝和罗尔斯，但很快就放弃了。约翰·塔尔博特告诉他，那天晚上的事与他们无关，艾米丽交代的事情是他独自完成的，上校没有主动怀疑他。

当他们向约翰·塔尔博特最终清楚解释了他的罪行的性质和程度时，他万分内疚。他已经照她的吩咐做了，而她并没有像她说的那样回到这里来。他知道这意味着什么，骨子里头深知这一点，这让他的思绪紊乱起来，把它打得粉碎，像一个粗制滥造的杯子。但他晚上还是睡着了。虽然在一些人看来，在他们把他绑起来之前的最后几天里，他似乎坐上了一辆幽灵般的马车，脸色灰白，身体一直在轻颤，灰色的眼睛仰望着天空，那样子，那颜色，就像熄灭的火堆上升腾的烟雾。那可能只是因为我们会捕捉任何画面，并将其扭曲成我们想要看到的样子。

约翰问上校他是否觉得艾米丽会回来。

“我不知道，约翰。”他说。在某种程度上，他同情这个男孩。他的想法是，如果那姑娘来了，世界就有可能再次变得有意义。但他也隐约觉得羡慕。男孩相信这种可能性的存在。理解这个世界，在脑海里反复思量它，发现它是有序的。也许你可以把指尖放在齿轮的齿上，随着齿轮转动。你可以看到其他随之转动的东西。如果你仔细观察所有的旋转齿轮，你可能会回到最初那第一个动作，那个引发所有其他动作的举动。但他开始怀疑世界是否真这样运作。在博韦种植园的灰烬里翻找了一通之后，他对秩序作用的笃信显得有些可笑，他想知道人类是否天生对秩序免疫。

“太古怪了，上校。”中士说。

“什么事？”汤姆问。

“这种凶残不知因何而起。”

“我觉得并不是毫无缘由的。”他们到达了绞刑架下，让约翰做好了准备。

“你要不要面罩？”中士问。

“不，先生，我会睁大眼睛的。”

“他很轻，中士，”汤姆说，“他需要一个长绳套。”

“他们没有这样的装备，上校，这有大约三四英尺高。”

他们把重物系在约翰·塔尔博特的脚踝上。没有他们的帮助，他几乎爬不上台阶。人群躁动不安，脸颊涨得通红。

中士朝手柄走去，但上校挥手示意他走开。

“约翰，要是我们找到了她，我会告诉她，你在打听她。”

“好的。”

汤姆拉了拉手柄。约翰·塔尔博特从世界上消失了。

***

上校没有找到艾米丽，尽管在那一年余下的时间里，他动用了所有能调遣的资源。没有人找到她。通常我们会说再也没人见过她，但事实是人们见过她很多次，尽管再没有另一个鲜活的灵魂认识过她。所有关于她的话都是真的。真相以一种有趣的方式在世界上传播。我们从大海爬上岸之前，真相就在这里。我们赤身裸体在大草原上漫步，睡在猴面包树下时，它在高高草丛里注视着我们。当地球上只剩下一个男人或一个女人，唱过他们的歌，坐等它回应时，它会倾听。它不需要像我们这样获得同意。

确实，他们看到她在大迪斯默尔沼泽逃难黑奴聚居的岛上出没，那张白人的脸庞隐匿在黑人之中，笔直纤细的身影一如大沼泽中永远青翠的柏树。她是巴尔的摩一家客栈的洗衣女工。她从私刑暴徒手上逃脱，走过佛罗里达西岸的两个畜牧小镇。余下的日子，她的足迹留在了马纳提河河口的白色沙滩上，河水在那里汇入海湾宁静的蓝绿色海水。这一切不难想象。年轻的艾米丽渐渐长大，我们的笃定也渐渐减少。每一天，同样的一排排配错对的小白额燕鸥和橙嘴凤头燕鸥遥望即将来临的风暴，细浪拍岸，像千亿座山丘不可遏止轰然崩塌。

乔治也见过她一次，但他并不知情。一九〇六年初春，他离开了哈金斯夫妇在外滩群岛上的家，来到坦帕湾附近伐木。他是第一批在海湾周围的沼泽中砍伐红树林和梧桐树的人之一。报酬很高，而且乔治讨厌寒冷。

他在坦帕市的伊波街区租了一个房间。在四月底温暖的日子里，他走到一个公园，打开了报纸。旧金山地震。没完没了，他心想。一个女人坐在他旁边的长凳上。她年纪比他大，五六十岁的模样。但是乔治看得出她风韵犹存。尽管阳光普照，她的皮肤还是很苍白，眼睛有些许灰色和金色。她开了口，声音很清晰，但他听不到她在说什么，于是凑近些去听。

那女人一直在说话，絮絮叨叨地重复着。他又凑上前去。“你没事吧？”他问道，“需要帮助吗？”

当然，他认不出她。他怎么会认出她呢？我们生下来就开始遗忘，我们的出生和童年很快就成了无法追忆的梦。这是大自然给予我们的一种仁慈，为数不多的仁慈之一，因为它让我们相信我们并不是生而完整，相信我们在这件事上有些发言权。而事实上，我们的结局在我们开始之前早已写就。

如果她把自己的名字告诉他，乔治也不会有一丝一毫的熟悉。他无法回到过去，听他父亲提到她的名字。他心里的想法只是，还一直以为艾米丽是年轻姑娘的名字。她似乎不需要任何人倾听，而且她独自在伊波街区这个小公园里絮絮叨叨，自言自语，似乎还感觉挺自在。但乔治有一种奇怪的预感，觉得自己会后悔，于是他折起报纸走到她跟前。

她没有抬头看他，事实上也没有一点要打招呼的样子。他觉得自己是在她游离的中途抓住了她。他倾听了很长时间。女人一遍又一遍地说："你以为你永远不会爱上这个世界上的另一样东西。结果不知怎的，它又出现了，不知来处，莫名而生。它来自虚无。这是怎么发生的呢？这是唯一的奇迹。"

致　谢

如果没有无数历史学家的努力和献身精神，这本书不可能完成。他们毕生的工作都是致力于保存我们共同的过去。虽然没有足够的空间来表达我对每一位的感激之情，但如果我没有明确感谢以下个人和组织，那就是我的失职了。我深深感激我以前的邻居埃斯，感谢他所慷慨奉献的时间，感谢他对杰克逊·沃德街区历史广博的知识，这些对我来说都是无价的，尤其是他所讲述的深刻改变了这一街区的州际公路系统建设之前和建设期间的故事。我还要感谢弗吉尼亚黑人历史博物馆和文化中心的工作人员，他们丰富了我对自己出生、长大的城市以及这个州的了解。我还要感谢国家公园管理局的医学博士戈尔曼先生。依我拙见，他对内战期间里士满的专业知识是无与伦比的。在我参观钦博拉索公园和钦博拉索医学博物馆时，他的知识和分享知识的热情对我尤为重要。对于弗吉尼亚州图书馆、弗吉尼亚州切斯特菲尔德历史学会和罗伯森县历史博物馆的员工和志愿者，我想对你们的工作表示无尽的感谢。上述人员和机构向公众提供的资源是宝贵的，我怀疑如果没有他们的努力，这些知识将会遗失。能够捋清书中所涉及的历史事件时间线，很大程度上是缘于他们辛勤的工作。如果有错，那是我一个人的错。

我想对约翰·西蒙·古根海姆纪念基金会表示感谢，感谢他们给予我和美国文化的慷慨。如果没有他们奖学金计划的支持，我根本无法完成撰写这本书所需的相关工作。

我也很高兴有机会继续与利特尔 & 布朗出版社合作，并向那里的人员表示感谢：对迈克尔·皮埃奇和里根·亚瑟，我要说你们对我工作的持续支持对我来说意味着整个世界。对李·布德雷，我想说很荣幸有你作为我的编辑，知道我可以依靠你的见解和经验，我感到非常宽慰。贝特西·乌里格和苏·贝茨在这本书的文案编辑方面做得非常出色，她们查证事实，纠正语法和标点符号的大量错误，帮我掩盖我无法区分“lay”和“lie”的无能，以免其暴露在世人面前。朱丽安娜·李负责精巧漂亮的封面设计，这很可能就是你们最初选择这本书的原因。如果你听说了这本书，并在看到这张引人注目的封面之前对它产生了兴趣，那么这可能与利特尔 & 布朗出版社的营销团队以及公关人员萨布丽娜·卡拉汉和利兹·嘉利格的出色工作有关。对于出版社参与出版编辑了这本书或我之前的两本书的其他所有人，我希望你们知道，我认识到，把我的作品交到能干的你们手上，看着你们把它推向世界，对我来说是一种真正的荣幸。

对彼得·斯特劳斯和RCW公司的每一个人，我想说如果没有你们的努力，我仍然只是一个坐在办公桌旁涂鸦，试图弄清楚世界是如何运转的人。当然，这仍然是我的身份，但你们使其成为了我的职业。为此我永远感激。

我的朋友沙马拉·加拉赫和菲利普·迈耶读过这本书的早期版本，他们的评论极大地改进了这本书。我还要感谢我的朋友罗杰·里维斯，他允许我将他非凡的诗集《国王我》中的一段摘录用作题词。

就我个人而言，如果没有我的妻子凯利和两个女儿，我将迷失方向。我不会试图改进兰迪·特拉维斯①已经完美表达的东西，所以只要知道我会永远爱你，永永远远。

最重要的是，我要感谢所有花时间阅读这本书的

① 新传统主义的代表人物，格莱美最佳乡村男歌手。

人。我意识到，除了读这本书，您还可以将时间和金钱用在很多事情上，我真的很叹服，您选择了阅读这本书。我真诚希望您会觉得这是值得的。

作者简介

凯文·鲍尔斯是《黄鸟》一书的作者，该书获得了海明威奖、《卫报》首作奖，是国家图书奖的最终入围书目。他还创作了诗集《战斗间歇中所写的信件》。他出生于弗吉尼亚里士满，毕业于弗吉尼亚州立大学，并在得克萨斯大学奥斯汀分校获得艺术硕士，在那里他还担任米切纳中心的诗歌研究员。他于 2004 年和 2005 年在伊拉克摩苏尔和塔拉法尔服役。